感恩书系

U0621566

感恩老师

无法忘怀的 90 个师恩故事

◎主　编:滕　刚
◎副主编:郭学荣　陈　雄　朱超燕　崔小凡

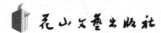
花山文艺出版社

图书在版编目(CIP)数据

感恩老师:无法忘怀的 90 个师恩故事 / 滕刚主编.—石
家庄:花山文艺出版社,2006.7(2021.5 重印)

(感恩书系 / 滕刚主编)

ISBN 978-7-80673-621-0

Ⅰ.①感... Ⅱ.①滕... Ⅲ.①散文—作品集—世界
Ⅳ.①I16

中国版本图书馆 CIP 数据核字(2006)第 064446 号

丛 书 名:感恩书系
总 主 编:滕　刚
书　　名:感恩老师:无法忘怀的 90 个师恩故事
主　　编:滕　刚

策　　划:张采鑫
责任编辑:于怀新
特约编辑:李文生
责任校对:李　鸥
全案设计:北京九洲鼎图书有限公司
出版发行:花山文艺出版社(邮政编码:050061)
　　　　　(河北省石家庄市友谊北大街 330 号)

销售热线:0311-88643221
传　　真:0311-88643234
印　　刷:永清县晔盛亚胶印有限公司
经　　销:新华书店
开　　本:710×1000　1/16
字　　数:150 千字
印　　张:9
版　　次:2006 年 7 月第 1 版
　　　　　2021 年 5 月第 2 次印刷
书　　号:ISBN 978-7-80673-621-0
定　　价:36.00 元

永怀感恩之心

○马 德

感恩不是一件华丽的衫子,单单用来吸引别人的目光的。

它是草际间流转的一抹青翠,是鹅卵石间隙处荡漾的一汪澄澈,是朝暾初出时林间氤氲的清新,是生命底色中沉积的真的流露,是血脉中流淌的善的迸发,是灵魂中贮藏的美的呈现。

在人类的精神天空中,感恩不是飘忽而逝的云彩,而是云彩背后一片洁净的湛蓝。感恩在人类精神的坐标中,不是偶然,而是永恒。感恩的行为是自然的,它是一种无意识,像须臾不停的呼吸,伴随在生命的韵律之间。人类的美是以爱来呈现的,而感恩之心,是人类心田中最美的种子,它发芽之后,开出爱之花,结出爱之果。从这个意义上讲,懂得感恩的人,一定在心中藏有大爱,并以此关照人,抚慰人,呵护人,爱人。

懂得感恩的心灵,是存在于这个世界的最美的心灵;懂得感恩的生命,是行走在这个世界上的最值得敬重的生命。

我常想,在天地之间,在我们可及或不可及的视野里,一些人类自身无法忖度的生命或物质,是不是彼此对对方也怀着感恩之心呢?譬如一朵花,不仅开出自身的美艳,还要播散出一地的幽香与芬芳来,是不是花朵对滋养它的大地,对抚慰它的草木,对清风,对暖日的感恩呢?

我们不是花,不能触及它的内心,但我一直坚定地认为,这是花朵对这个世界的感恩。也许,大地、草木、清风、暖日早已明白了它的感恩之心,只有人类还蒙在鼓里。

再譬如,一片秋叶,旋舞成蝶,是不是怀着对春天的感恩而翩然飘落?一棵大树,浓荫如盖,是不是怀着对一方水土的感恩而蔽日遮天?翔动的鱼群中,有没有怀着对溪流的感恩而始终满含着泪水的一尾?飞舞的蜜蜂中,有没有怀着对蕊间蜜的感恩而迟迟不肯离去的一只?湖面上一圈荡开的涟漪,草叶上一颗笃定的露珠,飞来的鸟,奔去的蚂蚁,自然中一切的安定与躁动,平静与喧嚣,它与它们的周围,是不是都在传递着人类看不见的感恩？我宁愿相信，天地之间一切的美与和谐，都依靠感恩这种美德的流转而维系，都依靠感恩这种情感传递而呈现。虽然有时候，它们在暗处进行，我们看不见；虽然有时候，它们表达的方式含蓄，我们读不懂。

心怀感恩的人，所触到的，是人世的暖；所感知到的，是人世的美。

有一位老人，在那个特殊的年代，曾被打成反动学术权威，差一点儿被批斗致死。有一天，我去拜会他，谈到了他人生的这一段。我以为他会向我倾吐内心的凄苦与悲凉。然而，出乎意料的是，他和我说，他很感恩于那一段岁月。因为那一段岁月，让他认识了两个人，而这两个人的出现，让他获得了活下来的勇气。其中的一个是一位妇女，在他饿得快死的时候，悄悄塞给他两个馒头。而另一个，是他们单位的门卫，当造反派要来批斗他的时候，这个门卫冒死把已经奄奄一息的他藏在一间废弃的屋子里，让他躲过一劫。

老人说这些话的时候，神态安详，面容平静，骨子里升腾着暖意。他的态度，给了我深深的震撼。看来，即便是遭遇多舛的命途，即便是遭逢不济的时运，只要拥有一颗感恩的心，一个人触摸到的，只会是生活的暖意；感受到的，只会是岁月的静好。

一个生命个体，不可能孤立地活在这个世界上。在漫长的人生旅途中，可能会不断地得到别人的扶持、帮助、呵护以及关爱。所以懂得感恩的人，总是觉得自己幸运地得到了这个世界的许多恩赐，而沐浴在这不尽的恩赐中，生命自然也就会体味到甜美与幸福。

感恩两个字，是因感知而感激，但我情愿再拆解出一个报恩的意思来。也就是说，当我们在感激之后，还能因此生出爱，去爱别人，去关怀别人，从而再赢得别人的感恩。如果那样的话，环环相扣的感恩所联结的，就是生生不息的爱；而被爱所萦绕的世界，将会是一个多么温暖多么美妙的世界！

我们活在这个世界上，应该懂得感恩于自己的祖国，感恩于佑护自己的社会，感恩于让自己茁壮成长的阳光、空气以及大地、河流、庄稼，感恩于扶持过自己的朋友，感恩于教诲过自己的师长，感恩于曾经给予自己帮助的所有人，如果这一切，都未曾触动过你的内心，那么，你至少要感恩于生你养你的父母。这，已经是我们活在这个世界上的底线。

一个人，可以通过好多种方式在这个世界上留下痕迹，也可以有好多种办法给生活留下属于自己的馨香。我想，一个懂得感恩的人，会在心田里生发出香气，然后弥散到举手投足之间，进而浸润到人生每一个足迹之中。那是一种灵魂的香味，会贯穿生命的始终的。

很欣喜地闻知，将有这样一套"感恩书系"出版。我想，当所有的人读完这些回味悠长的文字之后，会口齿生香，津津乐道，并愈加懂得感恩，懂得爱……

目 录

第三辑 我头顶那一盏灯

第四辑 给老师的礼物

无·法·忘·怀·的·90·个·师·恩·故·事·

3

师恩是一支不朽的歌
时时刻刻回荡在我的耳边
它用那激昂奋进的曲调
激励着我勇往直前……

第一辑
影响我一生的一课

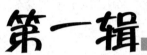

师恩是一种永恒
无论走过多少沧桑
当每个人回首青青岁月时
记忆的年轮总会存留着
当年老师谆谆的教诲，深情的话语

下课时,同学们看着老师一沉一浮走出教室的背影,突然明白了,他就是当年那个被打断腿的年轻老师。

课堂上的口哨

◆文/安 勇

·感·恩·老·师

老师的一条腿有毛病,走起路来一沉一浮的。为此同学们私下里都叫他"鱼鳔"。有一天,老师在课堂上布置了一道分组讨论题,内容是"什么是勇敢?"大家发言都很积极,有人说勇敢就是视死如归;有人说勇敢就是见义勇为;还有人说勇敢就是知错能改……大家七嘴八舌,各执己见。老师在教室里走来走去,不时听听同学们的发言。这时,教室里突然响起了一个极不协调的声音,声音虽然不大,却特别刺耳,毫无疑问,是有人胆大包天吹了一声口哨。

教室里突然之间一片沉寂。老师三步两步走到讲台上,阴沉着脸把教室里所有的人看了一遍。声色俱厉地问:"刚才的口哨是谁吹的?"教室里无人应声。老师怒不可遏,提高了声音吼道:"我再问一遍,口哨是谁吹的?"还是无人应声。老师用教鞭"啪啪"地抽打着讲台,喝令全体同学从座位上站起来,说:"如果没人敢承认,你们就一直站下去。"

不一会儿,教室里传出几个女同学的哭声。有一个男生忍不住喊了一声:"口哨是我吹的,和别人无关。"他的话音刚落,又有一个同学大声说:"口哨是我吹的。"接着又有两个人说了同样的话。

老师看了同学们一眼,语气缓和了一些说:"四个人都说吹了口哨,很显然是不可能的事,同学们都请坐,我给你们讲一个故事。十几年前,有一个刚从学校毕业的年轻老师,参加工作不久就被人强加了一个莫须有的罪名,他们日夜审问逼他承认。这个年轻人非常倔强,始终咬定他没犯那样的错误。最后他的一条腿被打折了,落下了终生残疾。"同学们面面相觑,搞不清老师为什么要讲这么一件事。

老师平静地看了看同学们,接着说:"你们说得没错,视死如归、勇于认错、见义勇为、泰山崩于前而面不改色,这些都是勇敢,但还有另一种勇敢,这就是拒绝。不是自己做的事情,不管压力多大都不承认,这同样是一种勇敢。我知道刚才你们都没吹口哨,你们谁都没有错,因为口哨是我吹的。"

下课时,同学们看着老师一沉一浮走出教室的背影,突然明白了,他就是当年那个被打断腿的年轻老师。

感恩提示
gan en ti shi

因为那一声口哨,才有了这节课的深刻和精彩。

这个老师,很普通,却用很不普通的手法教了学生很深刻的道理。在"什么是勇敢"的老问题上老师很自然地用一个真实的故事告诉学生一个道理:拒绝承认自己没做过的事,也是一种勇敢。

最令人震撼的是故事的主角居然是老师自己。

如果不是爱着自己的学生,如果不是希望给学生最好的教育,谁也不愿意再揭开自己身上的伤疤。老师的爱在无声地蔓延,也因为爱,才让老师有足够勇气面对过去,因为在老师眼里,学生能够学会如何做人才是最重要的。这是一种多么无私的奉献和牺牲!

相信许多年以后,在场的学生们依旧会对这节课刻骨铭心。 (林紫珍)

孩子,你的信誉价值连城,你怎么舍得用一点点考分就把它出卖了?作弊的代价太高了,实在划不来!

老外劝我们别作弊

◆文/秦 朔

在北京大学读博士学位的时候,有幸认识了来自美国的帕垂特教授。他给我们上英语课,每次进教室他都笑嘻嘻地拖着个带轱辘的旅行箱,那里面装着我们课堂需要的教材和我们交上的作业。在帕垂特教授带给我们的教材中,有一本他和他的美国同事一起专门为我们编写的教材,我们称它为"黄皮书"。

作为博士生,学校规定:如果公共英语考试不及格,就将失去获得博士学位的资格。所以在这门课的最后一次课前,大家心里暗暗祈祷:尊敬的帕垂特教授,我们熬到今天都不易呀,您可别太较真儿!

那天,帕垂特教授仍然像往常一样,笑嘻嘻地跨进教室,从信封里掏出了一打照片。那是五一节时我们班和美国老师郊游时的合影,他给我们每个人发了一张。发完照片教授竟然问我们:"这是什么?"

我们实在搞不清这个美国佬儿葫芦里卖的是什么药。大家一边有气无力地回答说是照片,一边又盼着他快来点儿"实惠的"。可是他却眨着绿眼睛说:"这是'爱'!"帕垂特接着说,"我们很快就要分手了,也许再也没有机会见面了。但是,请记住我是爱你们的。"被他这么一说,连我们这些自以为"身经百战"的人也不禁感觉鼻子有点儿发酸。

最后还是皮特打破了寂静:"帕垂特先生,我们也爱您。但还是请快给我们讲讲考试吧。"大家不禁激动起来。帕垂特却意味深长地说:"你们现在要做的就是,相信自己,并且认真学习我们编写的教材的最后一课。"不会吧!这么小的考试范围?我们迫不及待地翻开了"黄皮书"。在课文的后面却还有一个名为《关于诚实》的真正的最后一课。内容翻译出来竟然是这样的:

为什么要考试?

1.测试你对某门课的掌握程度;

2.测试你的学习技巧和记忆力;

3.评估教师的教学质量,了解哪些教得不错、哪些需要加强;

4.最重要的是,测试你是否诚实。

什么是"诚实"?

人类社会正常的和必要的道德原则:正直、诚信、实在。

与诚实有关的故事和谚语:

1."狼来了";

2.人无诚信,好景不长;

3.来路不明的财宝一文不值;

4.诚实最明智,老实人不吃亏;

5.如果我要花招,人们便不再信任我,我再也享受不到诚实的快乐。

在这次考试中,你可以用以下方式表现你的正直,证明你的诚实:

1. 即使没有老师监考,你也知道怎样做才合适;

2.会多少答多少;

3.不要作弊。

听说作弊在中国是一种普遍现象,每个学生都作弊。打死我也不信! 没人作弊,或者说大多数人不作弊,因为,一个作弊的民族怎么可能进步和强大呢!

考试作弊的行为包括：

1.偷看别人的试卷；

2.问别人怎么答题；

3.看事先写好的小纸条。

你作弊的时候，你就失去了老师对你的信任。本来我们这些老外都是信任你、爱你的呀！

假如你作弊了：

1.你伤害了老师，给师生关系蒙上了阴影；

2.你的良心就有罪了；

3.你改变了你在人们心目中的形象。

作弊的后果：

1.没收并撕毁试卷，打零分；

2.你丢脸，我们丢脸，大家都无地自容。

不过——即使你真的作弊了，我们也不会那么做，我们会装作没看见，眼睛故意向别处看。因为，生活本身的惩罚要严厉得多。

孩子，你的信誉价值连城，你怎么舍得用一点点考分就把它出卖了？作弊的代价太高了，实在划不来！

第二天考试时帕垂特教授又出现在考场，他还是笑眯眯的。但还是有人作弊了。帕垂特教授真的像书里说的那样，将眼睛转向了另一边。

5

 感恩提示

gan en ti shi

老外教授给中国的学生上了一堂诚信课。我们无法断言外教的诚信课是成功还是失败，因为恶习不是一天就能改正的，但我们有理由相信，外教的诚信课已经在学生的心中留下深刻印象，它会慢慢引导那些迷失的灵魂重新走入正轨。

广东的潮汕商品曾经风靡全国，潮汕商人曾经风光无限，但因为部分潮汕商人不顾诚信，造假贩假，走私贩私，以次充好，破坏了潮汕商品在人们心目中的形象，导致现在人们说起潮汕商品都是摇头。

建立在虚假撒谎之上的利益只是海市蜃楼，只有建立在诚信之上的利益才是恒久的利益。1988年4月27日，美国阿波罗航空公司一架波音737客机发生意外，航空业的竞争对手便大肆渲染，趁机发难。

波音公司在沉重的压力面前并没有对飞机事故进行人为掩盖,而是主动向公众披露,事故是由于飞机太旧和金属疲劳所造成的,而且公司还进一步说明,新型波音飞机已经解决了金属疲劳的技术难题,购买波音公司的新产品会更加安全。于是,事故之后的波音公司订货量不仅没有下降,反而大幅猛增,仅1988年5月份的订货量就超过一季度的两倍。

潮汕商品和波音公司的故事像一个铜板的两面,证明着诚信对我们的价值,证明着老外教授的那句话——"一个作弊的民族怎么可能进步和强大呢!"

现实生活中,我们应该时时牢记这堂诚信课。做个有诚信的人。   (刘英俊)

我没想到这个小小的孩子会想到这种聪明的办法。老师肯定也没想到,我看到她在大笑,真正地开怀大笑。笑声仿佛长着腿,在教室里飞舞。

老师的腰围

◆文/魏振强

·感
·恩
·老
·师

6

在一所小学听一节数学课,内容是有关测量的。孩子们的桌子上摆放着长长短短的尺子。

老师是个女的,胖胖的,四十来岁。讲完厘米、分米和米的概念后,她让学生们测量桌子、铅笔、书本和手臂的长度。两分钟之后,班上像炸开了锅,一只只胳膊高举着,像一根根旗杆。被点名的同学报出答案后,都得到了表扬,张张小脸涨得红红的,嘴巴笑成了一朵朵花。那些没被点到名字的学生着急了,有的站起来,有的跳着脚,有的甚至爬到凳子上,高举着手:"老师,快叫我快叫我。"看着孩子们抓耳挠腮的猴急样,我坐在一边忍不住想笑。我能理解孩子们的心情:谁不想在老师、同学面前表现一番呢。

桌子的长度报过了,铅笔的长度报过了,书本和手臂的长度也报过了,老师说,我们再找找别的东西测量一下。老师的话刚完,我旁边那个一直没得到机会的瘦男孩儿噌地站起来:"老师,我想测测你的腰围。"

班上一下静了,同学们都转过头或侧过身看着这个瘦男孩儿,尔后又把目光对着老师。

老师低头看了一下自己的腰,然后静静地看着学生,笑,边笑边朝那个男孩儿说:"好啊,你来量吧。"小男孩拿着尺子,飞快地跑到黑板前。他用手按住尺子的一端,让尺子在老师的肚皮上翻着跟头,可能是男孩的手拙,也可能是尺子太短了,跟头翻了好几趟,他才说出了一个答案:"87厘米。"

"不错,他量得很认真,答案也比较接近。"老师的话显然激起了其他同学的表现欲,她不失时机地问了一句,"其他同学有没有更好的办法,测得更准确一些?"她话音刚落,一个胖乎乎的女孩儿站起来说:"老师,我有,我用手。"

小女孩已开始往黑板前跑了。其他学生的目光都在追逐女孩儿的身影。老师问:"你用手怎么量呢?"小女孩说:"我一掌是11厘米,我看是几掌就知道了。"老师笑了。小女孩儿的手在老师的腰上爬,刚好爬了一圈之后,她就报出了答案:89厘米。笑容在老师的脸上绽放,班级的气氛更活跃了。"有没有更好的办法?"老师问。

教室里静悄悄的。孩子们或侧着头或趴在桌子上苦思冥想。片刻之后,前排的一个小孩儿站起来:"老师,你把裤带解下来,我们一量就知道了。"

我没想到这个小小的孩子会想到这种聪明的办法。老师肯定也没想到,我看到她在大笑,真正地开怀大笑。笑声仿佛长着腿,在教室里飞舞。

老师一边笑一边真的解下了裤带。小同学显然已从老师的笑声里感受到了赞许,他握着尺子朝黑板前面走的时候,脸上的笑容仿佛要淌下来。小同学量出的是90厘米,这当然是最准确的一个答案。老实说,那位老师并不算漂亮,但这节课却是我听过的最漂亮的一节课。

 **感恩提示**
gan en ti shi

老师深爱着她的学生,当有学生提出要量她的腰围的时候,她并没有拒绝学生。一个女老师,当众解下腰带,这需要多大的勇气啊!女教师"纵容"了孩子的奇思异想,这堂课取得了出人意料的效果。

课室里除有学生听课,还有其他人在听课。学生与老师像朋友家人一样无拘束地交流学习,让课堂异常精彩,让所有在场的人都被女老师的善良和宽容所打动。这是一堂最漂亮的课。有这样的上课效果,作为老师,应该会感到莫大的欣慰。

爱的种子会开出爱的花朵,在老师的爱中成长的孩子,也会把爱的芬芳传递到世间每一个角落。

(若愚)

"同学们,拜托了!"说完,老师低下头,竟给我们深深地鞠了一躬。当他抬起头的时候,我们看到他的眼睛流出了泪水。

老师的眼泪

◆文/杨旭辉

上高中的时候,我们班只是个普通班,比起学校里抽出的尖子生组成的六个实验班来说,考上大学的机会不多,因此除几个学习好的同学很努力外,我们大多数人都只是等着毕业混个文凭,然后找个工作。

班上的班主任兼英语老师是个刚从师范学院毕业的学生,他非常敬业,但是说归说,由于许多人抱着破罐子破摔的想法,我们的成绩却仍然上不去,在全校各科考试中屡屡倒数。

直到高二的一次英语联考,张榜公布的我们班的成绩却破天荒地超过几个实验班的学生,这使我们接连兴奋了好几天。

发卷的时候到了,老师平静地把卷子发给我们。我们欣喜地看着自己几乎从没考过的高分,老师说:"请同学们自己计算一下分数。"数着数着,我的分竟比实际分数高出 20 分,同学们也纷纷喊了起来:"老师给我们怎么多算了 20 分。"课堂上乱了起来。

老师把手摆了一下,班上静了下来。他沉重地说:"是的,我给每位同学都多加了 20 分,这是我为自己的脸面也是为你们的脸面多加的 20 分。老师拼命地教你们,就是希望你们为老师争口气,让老师不要在别的老师面前始终低着头,也希望你们不要在别的班的同学面前总是低着头。"

他接着说:"我来自山村,我的父母都去得早,上中学时我曾连红薯土豆都吃不起;大学放暑假,我每天到建筑工地拉砖,曾因饥饿而晕倒。但我就是凭着一股要强的精神上完师院,生活教会我在任何时候都不能服输。而你们只不过是在普通班就丧失了信心,我很替你们难过。"

这时候教室里安静极了,我和我的同学们都低下了头。老师继续说:"我希望我的学生们也做要强的人,任何时候都不服输,现在还只是高二,离高考还有一年多的时间,努力还来得及,愿你们不靠老师弄虚作假就挣回足够的分数,让老师能把头抬起来,继续要强下去。"

"同学们,拜托了!"说完,老师低下头,竟给我们深深地鞠了一躬。当他抬起头的时候,我们看到他的眼睛流出了泪水。

"老师!"班里的女生们都哭了起来,男生们的眼里也含满了泪水。

那一节课,我们什么也没有学,但一年后的高考,我们以普通班的身份夺得了全校高考第一名。据校长讲,这是学校的历史上从未有过的。

那一刻,我们每一个学生都记住了老师的眼泪。

感恩提示
gan en ti shi

《老师的眼泪》里讲述了一位老师为了激起学生对学习的信心和希望,在一次考试中,给每一个学生的卷面都多加了 20 分,使全班的成绩终于排在了尖子班的前面的故事,但在卷子发下来的那天,他哭了。每一个学生也都把老师的眼泪记在心里。在一年后的高考中,最终以普通班的身份夺得了全校高考第一名,刷新了学校的历史记录,创造了奇迹。

那一滴沉重的泪水,背负着老师多少希望,背负着老师多少恨铁不成钢的期盼!

生活中,我们在任何时候都不能服输!

(廖白玉)

现在,大学毕业的我早已走向了社会,每当我在事业上徘徊不前的时候,我常常想起当年杨老师对我说的那句话:不要为自己设限,要把跳杆不断往上抬。

跳杆不断往上抬

◆文/马付才

5 岁那年,因为一场车祸,我的腿受了伤,走路一瘸一拐的。为了看起来和别人一样,我不得不把一只脚稍稍跷起来,使两条腿显得平衡些。

成了瘸子后,我那颗小小的心开始自卑。体育课我不再上了,而每一位体育老师,也从不要求我上体育课,就这样,渐渐地,不上体育课成了我独享的"特权",直到我上初中。

上初中时,教我们体育课的是一位姓杨的老师。杨老师刚从体校毕业分配到我们学校,他给我们上第一节课时,我又习惯性地告诉他,我有病不能上体育课。他说:你怎么不能上体育课,我知道你腿不太好,但还不至于连体育课都不能上吧。我固执地站着不动,杨老师看着我,口气缓和了一下,说:"你和我们一起做做广播操总可以吧。"看着杨老师那征求的目光,我点头同意了。

杨老师领我们做了一套广播体操后,就在沙坑边指导同学们跳高。我站在旁边看同学们一个个从跳杆上跳过去,突然听到杨老师叫我的名字。他说:"你,该你跳了。"我不相信地看着他,什么,让我也跳高,我一个瘸子,能行吗?

杨老师以为我没听见,又大声叫我的名字。我气愤地说:"不,我不行的,你明知道我是这个样子,为什么非要我这样做?"杨老师说:"你看看这跳杆的高度,我知道你是能跳过去的,你为什么不跳呢?你的腿没有你想像的那么严重,你干吗一定要把自己当成一个残疾人、窝囊废,而不敢去面对这个跳杆呢?"

我突然像疯了一样向跳杆冲过去。对"残疾人"这个字眼,我是最敏感不过了,我一定要跳过那个跳杆。等跌落在沙坑之后我回头看,跳杆竟纹丝不动。我不相信我真的跳了过去。杨老师的声音又一次响起:再来一次。起跑、冲刺、跳,我又轻松地跳过去了。他看都不看我一眼,再次说道:再跳一次。第三次,我是含着泪水轻松地跳过了那个高度。

下课时间到了,杨老师一声解散后同学们都四散地跑开了。我眼中噙着愤怒的泪水,一瘸一拐地离开操场,在路上我的肩膀被人轻轻地拍了一下,回过头,是杨老师。他说:"你知道吗,其实在你第二次第三次起跳的时候,我都暗暗地把跳杆往上抬升了,但是你仍然跳了过去。你的腿我早就观察过了,真的没那么严重,现在你正是长身体的时候,多锻炼锻炼对你那条腿是有好处的。你一直以为你不行,是因为在你的心中早已为自己设置了限制。记着,以后不管什么时候都不要给自己设限,而是要把跳杆不断往上抬。"

原来,我不但跳了过去,而且跳杆还在不断地往上升;原来,我也可以跳得很高呀。

我开始和同学们一起出早操,一起跑步,每次上体育课时,我都主动地把跳杆不断往上抬,一次次往上,一次次成功超越。初三的时候,我发现,我那条残疾的腿已经很有力了,而且,走路的时候,似乎也不那么瘸了。

现在,大学毕业的我早已走向了社会,每当我在事业上徘徊不前的时候,我常常想起当年杨老师对我说的那句话:"不要为自己设限,要把跳杆不断往上抬。"

我知道,只有不自我设限的人生,才会不断地突破。

感恩提示

gan en ti shi

　　因为那一条瘸腿，"我"理所当然地认为"我"是可以不上体育课的。而杨老师却非要"我"像正常的学生那样做广播体操，甚至要"我"跳高，理由是"我"的腿不至于严重到上不了体育课。"我"很气愤，认为老师故意为难"我"，让"我"当众出丑。尽管我跳过去了，但我对老师非但没有丝毫的感激，却误以为老师是在羞辱我。其实，杨老师这样做的真正目的是为让"我"不管是身体的成长还是心灵的成长，都不要给自己设限，而是要把人生的跳杆不断往上抬。

　　"只有不自我设限的人生，才会不断地突破"，这是作者多年后的顿悟，如果没有当时老师的那一番话，作者可能至今仍生活在自卑自怜的阴影中。　　　　　　　　　　（陈艳芳）

　　　　她把她的课融入到他们的日常生活中去，告诉那些十几岁的青少年怎样才能使生活变得更有意义。

因为你，我才在这里

◆文/[美]罗宾·李·肖普　译/李荷卿

　　斯旺小姐离开后。学校用了两个月时间才为那个班级找到了一位新的代课老师。贝蒂在牧师的陪同下来到教室里，与那些貌似天使的学生们见了面。贝蒂小姐刚刚搬迁到这座城市，因此，她还没有听说过他们那专门撵走老师的恶习。看到她身上穿的那件粉红色的衣服，尺寸比她应该穿的要小一个号。还有她那一头乱糟糟、有些发白的金发，学生们立即感觉出她是一个容易欺骗的老师。于是。一场赌局很快就开始了。他们赌的是贝蒂小姐能在这里待多久。

　　贝蒂小姐首先做了自我介绍。声明她最近刚从南方搬到这儿来。当她在随身带来的那个大肩包搜索着寻找什么东西的时候。房间里发出了嗤嗤的窃笑声。

　　"你们中间有谁出过这个州？"她用友好的腔调问道。几只手举了起来。"有谁到过500英里以外的地方？"窃笑声慢慢低了下来，一只手举了起来。"有谁出过国？"没有一只手举起来。沉默的少年们感到迷惑："这些与我们有什么相干呢？"

终于。贝蒂小姐在包里找到了她要找的东西。她那只瘦骨嶙峋的手从包里拉出一根长管子。打开来，原来是一幅世界地图。

"你那包里还有什么东西?午餐?"有人大声问道。贝蒂轻笑着回答:"待会儿和你们一起吃饼干。"然后，她用留着长指甲的手指指着一块不规则的陆地。"我就是在这里出生的，"她用手指敲着地图说，"我在这里一直长到你们这么大。"每个人都伸长了脖子去看那是什么地方。"那是德克萨斯州吗?"坐在后面的一个学生问道。"没有那么近，这里是印度。"她的眼睛闪烁着喜悦的光芒。

"你怎么会在那里出生呢?"

贝蒂大声笑起来:"我的父母在那里工作。我出生的时候我的母亲就在那儿。"

"真酷!"瑞克身子仰靠在椅背上说。

贝蒂又把手伸进她的包里搜索起来。这一次，她拿出一些有些发皱的图片，还有一罐巧克力碎饼干。他们传看着那些图片。每个人都很好奇。他们一边吃着饼干，一边研究那些图片。然后神色茫然地从图片上抬起头来:"在这个世界上。每个人都能帮助其他人。"

贝蒂小姐说她每星期天来给他们上课。她把她的课融入到他们的日常生活中去，告诉那些十几岁的青少年怎样才能使生活变得更有意义。一个星期又一个星期过去了。学生们越来越喜欢她。包括她那有些发白的金发以及她身上所有的东西。

贝蒂小姐在那所学校里执教了20年。虽然她一直没有结婚，也没有自己的孩子，但是由于她教了两代孩子，因此，小镇上的人们逐渐把她看成是所有孩子的代父母。

一天，她打开信箱，取出一个蓝色信封。她看到信封的右上角贴着一张极为熟悉的外国邮票，信封的左上角写着一个男孩的名字，这个男孩就是许多年前，她在那所学校所教的第一期学生里的一个。她记得他过去一直喜欢吃她的饼干，而且对她的课似乎也特别感兴趣。一张照片从信封里滑落下来，掉在她的膝盖上，她的目光落在那张照片上，仍然可以看见那个十几岁孩子的影子。那里是印度的德里市。照片上的他正和其他去那里救援地震受害者的志愿者一起站在瓦砾中间。照片上写着:"因为你，我现在才会在这里。"

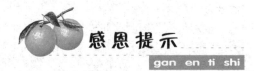

感恩提示
gan en ti shi

读这篇小说时，我不知怎么就想起了法国大文豪雨果的名著——《悲惨世界》，想起了里面一个每次读都会让我感动的细节。四处流浪的冉阿让偷了主教的银餐具,当他被巡逻的士兵拦住时,主教不但没有追究冉阿让的罪责,反而对士兵解释说,餐具是他主动送给冉阿让的礼物。这个偶然的事件,从此改变了冉阿让。它像一道来自天国的光辉,照亮了冉阿让扭曲的心灵,也让他从此有了爱别人的心。和那位仁慈的主教比起来,也许这篇文章里的贝蒂老师显得不够高大,但他们两个人的心灵却同样的美好,他们对他人的劝化和改变也殊途同归。我们看到,正是因为贝蒂老师的仁爱之心,才让一个调皮捣蛋的班级,一群性顽劣的学生,发生了巨大的改变。而贝蒂老师那句极平常的话——"在这个世界上,每个人都能帮助其他人。"也像一粒种子,在她教过的每个学生心中扎下了根。而一代代学生们对这份爱心的传播和传递,应该就是贝蒂老师得到的最好的礼物吧!　　　　（安　勇）

无·法·忘·怀·的·90·个·师·恩·故·事·

多年以后,他才知道小老鼠不是意外掉进纸篓的,而是本·尼迪斯太太特地请来的"助手"。

纸篓里的老鼠

◆文/王　悦

史蒂夫·莫里斯出生在美国密歇根州的萨吉诺城,幼年时随父母搬到底特律。他和班上的同学比,很"特殊",因为他双目失明。对于一个9岁的孩子来说,"特殊"意味着被嘲笑,被冷落。小史蒂夫一度生活在重重自卑中,直到他遇见了本·尼迪斯太太。

在史蒂夫记忆中,小学老师本·尼迪斯太太是颗永不消逝的启明星。她让史蒂夫发现了自己的天赋,教他勇于做个与众不同的人。

故事发生在一间狭小的教室里。本·尼迪斯太太正准备上课:"安静,大家坐好,打开你们的历史书……"小学生们不安分地在凳子上扭动着,多数心不在焉。只有小史蒂夫默默无语。上堂课是体育课,孩子们刚从操场上回来,多数人还惦记着玩过的游戏,当然还有史蒂夫的洋相。

"今天天气真棒,我知道你们喜欢在外面玩游戏,"女教师脸上露出微笑,"可是如果不学习,你们就只能一辈子做游戏。"

"安妮,"老师提问,"亚伯拉罕·林肯是什么人?"

安妮局促地低下头:"……他……他有大胡子。"教室里爆发出一阵笑声。

"史蒂夫,你来回答这个问题。"本·尼迪斯太太说。

13

"林肯先生是美国第16任总统。"史蒂夫的回答清晰准确,毫不犹豫。他一向是个优等生,但学习好无法减弱史蒂夫的自卑感。除非意识到自己具有得天独厚的才能,否则史蒂夫将永远生活在自怨自艾中。

"回答正确。"本·尼迪斯太太满意地说,"亚伯拉罕·林肯是我国第16任总统,南北战争就发生在那个时候……"话讲了一半,她突然停下来,做出倾听的样子,好像听见什么异常的动静,"是谁在发怪声?"

小学生们莫名其妙地东张西望,只有史蒂夫没动。

"我听见一个微弱的声音,是抓挠的声音,"本·尼迪斯太太神秘地低语,"听起来像……像是只老鼠!"教室里顿时乱作一团,女同学尖叫起来,胆小的孩子爬上课桌。

"镇静,大家镇静。"老师大声说,"谁能帮我找到它? 可怜的小老鼠一定吓坏了。"孩子们乱嚷一气:"讲台下面","窗帘后面","安妮的书桌里"……

"史蒂夫,你能帮我吗?"老师向静静坐在座位上的史蒂夫求助。

"OK!"小家伙回答,他挺了挺腰板,脸上闪着自信的光芒。"请大家保持安静!史蒂夫在工作。"本·尼迪斯太太示意大家肃静,小教室里很快鸦雀无声。史蒂夫歪着头,屏息凝神,手慢慢指向墙角的废纸篓:"它在那儿,我能听到。"

一点儿没错,本·尼迪斯太太果然在纸篓里找到了那只小老鼠,它正躲在废纸底下,瑟瑟发抖,结果被听觉异常敏锐的史蒂夫发现了。历史课重新开始,一切恢复原状。但史蒂夫变了,一颗自信的种子开始在这个黑人盲童的心里生根发芽,渐渐驱散了他的自卑感。每当情绪低落时,他便想起那只纸篓里的小老鼠。直到多年以后,他才知道小老鼠不是意外掉进纸篓的,而是本·尼迪斯太太特地请来的"助手"。

今天,我们更熟悉史蒂夫的艺名——斯蒂维·旺德尔。他的与众不同带给我们无尽的享受。旺德尔集歌手、作曲家和演奏家于一身,摘取过22项格莱美大奖,有7张专辑打入美国流行乐金榜,获得"美国音乐世纪成就奖",入选《摇滚名人殿堂》……这些都是因为曾经有只小老鼠"意外"掉进了纸篓。

14

 感恩提示
gan en ti shi

本·尼迪斯太太特地请来的"助手"——一只掉进纸篓里的小老鼠,让史蒂夫发现了自己与众不同的才能。也从此让他在黑暗的世界里,看到了人生的光明。本·尼迪斯太太真是一位极其出色的老师,她不仅看到了小史蒂夫遭遇到的冷落和郁闷的心情,而且还用自己的智慧和爱心,给了这个失明的孩子一份最宝贵的礼物,那就是自信。虽然小老鼠只是刻意安排下的道具,但自信却从此生根在史蒂夫的心中。并且时刻让他感觉到自己的与众不同。试想，如果没有本·尼迪斯太太，没有这段课堂上的插曲，没有那只掉进纸篓里的老鼠，盲童史蒂夫的人生很有可能会一直凄苦而黑暗。但这个小小的事件在本·尼迪斯太太的安排下，出现在了史蒂夫人生的关键处，它像一道强光，从本·尼迪斯太太的慈爱之心中射出，温暖地照在了史蒂夫的身上。这耀眼的光明像一只路标，始终指引着这个黑人盲童前进的步伐。多年以后，他终于创造下奇迹，成了一位尽人皆知的音乐家。　　（安　勇）

我认为在这所阴沉的学校里，你最明亮可爱。可惜我能欣赏的时间只限于这一堂课，而不是一整天。

困苦时听到这句话

◆文/[英]凯特琳·卡特利吉

二战期间，在饱经轰炸的曼彻斯特，小孩子都尝尽艰苦。那时民生拮据，朝不保夕，许多家庭经常要上当铺，我家也不例外。

不过，我的父母非常乐观进取，努力持家，不失尊严，全家和乐融融。

爸爸身体健壮，头脑灵活，几乎什么事情都应付得了，包括木工和一般杂活，甚至偶尔参加暗中举办的拳击赛，多赚点钱贴补生活。妈妈则十分节俭，特别注重清洁。虽然家境困难，5个孩子上学前都能吃饱，梳洗干净，衣服也都整洁无瑕。

问题是，虽然我的衣服烫得笔挺，鞋子擦得发亮，衣着却不完全符合学校对学生制服的规定。妈妈极力节省，大部分的校服都给我买了，但仍欠缺蓝外衣。

由于战时实施配给制，大部分学校蓝衣服不易购得，对于制服的要求也比较通融。

只是我就读的女校例外，严格规定每一名学生都必须穿得中规中矩；主持每日集会的副校长，更视教训我为己任。

虽然我多次解释为什么违规，而且正慢慢地陆续添购整套校服，但每天排队时，还是被拉出来，站在台上示众，做上学"不应穿什么"的"榜样"。

每天站在同学面前，我强忍眼泪，困窘极了。而且多半是一个人孤零零地站着。

我不穿完整校服的惩罚，还包括不得加入体操队，以及不得参加每星期开设的交际舞蹈课,而我非常喜欢跳交际舞。我渴望这所冷酷的学校里,有一位老师能看到我所做的一切,而不是一味说我这也不能做,那也不能做。

不过,当时才12岁的我,除了忍受处罚,别无对策。我只知道那例行仪式服的屈辱绝对不可以让善良的妈妈知道。我不敢叫她去学校替我说情,因为那些目光如豆的顽固教职员会像折辱我一样折辱她,到头来是母女一同伤心感慨。要是她告诉爸爸,那就更糟,爸爸为了保护我,必然会大兴问罪之师。有一天,我家赢得报纸办的一个比赛,可免费拍一帧全家福相片。我想到好莱坞知名女影星那些迷人的照片,不禁欣喜雀跃,巴不得马上向朋友宣布这个好消息。

但我兴奋的心情维持不了多久:由于我一放学就要拍照,妈妈叫我穿上最好的衣服去上学,那是一件镶花边的鲜绿色衣裳。妈妈根本不知道我面临多大的苦难,而除非我突然要接受截肢手术或染上黑死病,否则很难找理由旷课一天。拍照那天,我穿上那套心爱的衣裳,丝毫没有平常的欣喜,我忐忑不安,拖着沉重的脚步来到学校,在一片蓝色之中,一身翠绿自然成为目标。集会时,我不待叫唤,自行上台,承受其他女生的窃笑和副校长小眼睛的瞪视。

我苦恼得泪水几乎夺眶而出,又一次心想,怎么这个麻木的老师总不放过我的衣着,总想不到衣着之下那个女孩子其实十分听话,十分希望参与学校的活动。

集会后,我们的第一堂课是英国文学。那是我喜欢的科目。老师也是我喜欢的。我欣慰地想,这一堂课我至少可以坐在教室后面。读狄更斯的《双城记》,暂忘烦恼,使心情平复。

不料麦克威老师一上课,就叫我坐在前面第一排。对着她,我又惊又惧,缓缓站起身,忍住眼泪,走到前面,她不会也加入了和我敌对的阵营吧?

我低着头,两眼里含泪。我一次又一次被单独针对,很不好受,只是向来都努力隐藏自己的情绪,而这一次,泪水又几乎失控。

我在前排坐下,老师侧着头,仔细对我上下打量。她跟着说的话,是我在这个刻薄环境中听到的最可爱的话。

"我认为在这所阴沉的学校里,你最明亮可爱。可惜我能欣赏的时间只限于这一堂课,而不是一整天。"

我稚嫩的心本来冷得像冰块,这时顿告融解。我挺直身子向她报以一笑:她大概从未见过这样灿烂的笑容。她那句体贴入微的话,使我感到温暖,使我整天飘飘然。

麦克威老师专攻英国文学,但那天却给我甚至全班同学上了仁爱的一课,这一课我至今不忘。她教导我,困苦时听到一句温言好语,会没齿难忘。事实上,她那句体贴的话令我更加坚强。这坚强性格从此就没有因任何人或任何事物而削弱。

感恩提示
gan en ti shi

一个因为着装违规而被经常训斥的孩子,几乎已经成了学校里不为接纳的一员。她经常被副校长教训,成为学生眼里的反面典型。她无权参加各种活动,甚至连跳舞的权利也被无情剥夺了。校方这些不近人情的处罚,让这个只有12岁的女孩儿心上笼罩了一层阴影,每天都在担惊受怕中惶惶不可终日。但为了不让父母担忧,她还在坚强地忍耐着这一切。也就在这时,麦克威老师一句体贴的话语,像一道阳光,从仁爱的天空中照射下来,驱散了女孩儿心头的阴霾。

"我认为在这所阴沉的学校里,你最明亮可爱。可惜我能欣赏的时间只限于这一堂课,而不是一整天。"虽然这句话极其普通,但却包含了多种复杂的情感。其中有发自内心的欣赏,有激情洋溢的鼓励,有扶持和帮助的支撑,也有一份博大无私的爱。在一个女孩儿的心中,存下了这样一句话,还有什么困难无法战胜呢?   (安 勇)

刚才是我给大家上的第一节课。我希望大家永远都记住:"摔倒了,并不可怕,只要能很快从原地爬起来。"无论受到什么挫折,也无论遇到什么困难,大家务必要记牢这一点。这将是你们最有效的取胜法宝……

影响我一生的一课

◆文/李建欣

求学十几年间,我最难忘的一节课是一位年轻女教师所上的第一节课。

那时,我所在的小山村还是全县闻名的贫困地区。偏僻和贫穷使我们的山村小学留不住好老师,我们也不止一次因为没有老师而被迫停学。所以一听说刚刚从师范学院毕业的白梅老师自愿到我们的学校任教,我们这些山里娃像过年一样高兴。星期一上午,大家早早地坐在座位上等待着新老师的到来。

上课铃刚刚响过,走廊上走过一位年轻的女教师。朴素的衣服映衬着她清秀的脸庞。好漂亮的老师! 教室里一阵骚乱,大家都伸长了脖子,想看清楚新老师的模样。

视线里，老师迈着轻快的步子一步步走来，微微昂起的脸上带着自信的微笑。我们呆呆地看着她逐渐走向我们的教室，好像不敢相信这将会是我们的老师。

　　突然，新老师"扑通"一声摔倒在教室门前。时空仿佛凝固了，我们一声惊呼，呆在座位上。老师会不会就此大发雷霆，甩手而去？我们会不会因此而失去难得的老师？

　　出人意料的是老师自己艰难地爬了起来，挣扎着走上讲台。"同学们，大家好！我叫白梅。刚刚毕业……"她开始了自我介绍，闪着泪花的脸上依然是自信的微笑。此时，我们心里都不好受，学校建造在地势较低的山坳里，为防山洪教室门槛比地面高出近40厘米——这是谁都明白的事实，可我们竟忘记应提醒敬爱的老师而让她在第一节课就摔倒在教室门前！"同学们，"她炯炯有神的双目扫视着四周，"刚才是我给大家上的第一节课。我希望大家永远都记住：'摔倒了，并不可怕，只要能很快从原地爬起来。'无论受到什么挫折，也无论遇到什么困难，大家务必要记牢这一点。这将是你们最有效的取胜法宝……"

　　那一年，我在白梅老师的带领下啃下了外语这块"硬骨头"，并首次走出大山，步入县重点高中。三年高中的辛酸生活中，我失败过，我徘徊过，但我从来没有沮丧过。每次受挫，我总会想起那不平凡的课，想起白梅老师那自信的微笑。靠着这句"摔倒了，并不可怕，只要能很快从原地爬起来"，我由无知迈向成熟，从失败走向成功。

　　金秋八月，在白梅老师的注视下，我幸福地跨上南下的列车，成为我们村里的第一个军校大学生……

　　今后的日子里，我将永远珍藏那堂影响我一生的普通一课，让这块记忆瑰宝永放璀璨之光！

感恩提示 gan en ti shi

　　漂亮自信的白梅老师，在山村小学的第一堂课前，摔倒在教室门口。可是她不仅艰难地爬了起来，而且利用这次意外的"事故"，给学生们上了宝贵的一课——摔倒了，并不可怕，只要能很快从原地爬起来。无论受到什么挫折，也无论遇到什么困难，都不沮丧，重新再来，一定能取得成功。

　　作为老师，教给学生知识只是本职工作，更可贵的是通过言传身教教给学生一种精神，一种心态，一种生存的本领，这才是能让学生终生受益的宝贵财富。"我"正是在这种"摔倒了，就马上爬起来"的不服输的精神的感召下，战胜种种困难，成为村里的第一个军校大学生。确实，在人生道路上，总会遇到意想不到的挫折，比起从没摔过跤的人，那些摔倒了又重新站起来的人更值得人尊敬。

（李　爽）

感
恩
老
师

你们被编入(5)班,说明你们因为某种原因没有学好,就像麦穗因为某种原因而没有全抽出来一样。但这并不说明你们就永远"抽"不出来呀!

骄傲的麦子

◆文/操乐发

那年高二开学,我们这些差生被分到一个新的班级——高二(5)班。按上学期期末考试成绩重新组班,这是学校一贯的做法,全年级的尖子都在(1)班,然后依次组成(2)(3)(4)(5)班。有人曾这样形容(5)班:废品收购站。在这样的班考大学简直是天方夜谭。大家刚到一起,除了几个女生神情忧郁外,都觉得很坦然,那样子好像是在互相传达着一个相同的信息:混个文凭呗!

班主任是个刚毕业的大学生,据说他当初了解情况后,硬是不愿意接我们班,校教务主任告诉他,学校根本不在乎这个班有没有人能考上大学,只要稳定不出事就行。班上的学生听说班主任是个年轻人,都有一种异常的兴奋,几个调皮的还约定,在第一堂课就"修理修理"他。

上课了,新老师走进教室,站在讲台中央,用一种冷静的眼光扫视了大家一下,同学们一时安静了下来,等待新老师的"高招"。"同学们,"他的声音很低,"开始我不愿接你们这个班,原因大家都清楚,不过现在我改变了主意,理由很简单,因为我有着比你们更难忘的经历。

"我念高三那年,学校在最后一个学期的四月份,组织了一次全校性的摸底考试。我考得出奇的差,不瞒你们说,全班56人我排名51。那时我痛苦极了。没有人来安慰我,老师也不把我放在心上,他们看重的只是分数。一次,化学老师不知从哪里弄来了一套试卷,只有50份,结果却没有我的。我又惑又羞。老师还算好心,安慰我说:'你这样的成绩,学也无望,不如回家学个手艺,生活不总是一条路,我跟你班主任说好了,学籍给你留着,毕业考试来一次,照样给你毕业证书。'

"我想也是,就背起行李包回家了。回到了家里,我就躲进自己的小屋,躺在床上独自流泪。父母怎样追问,我都不回答。你们说,我该回答什么呢?想想父母终年累月在几块地上跌打滚爬、省吃俭用供我读书,如今我却落到这境地!我能对得起他们吗？"

说到这儿，老师流泪了。同学们几乎听呆了，不少人眼睛红了起来。

"一天，父亲推开我的房门，对我说：'今天咱们去看看地里的麦子。'我懒洋洋地跟在父亲后面，虽然野外风景不错，我却无心欣赏。来到麦地，父亲说：'麦子快熟了，这麦穗足有三寸长吧，这块地收两百斤不成问题。'我望着随风起伏的麦浪，却提不起兴趣。父亲说：'今天我来考考你。''考考？''你能从这块地里找出一棵最小的麦子吗？'我忙在地里找了起来。不一会儿，我发现了一棵秸秆瘦小颜色还很青的麦子，麦穗仅抽出两三粒吧。我随手掐来给父亲。'这是最小的吗？'父亲问。'当然，你看这穗子还只有两三粒呢！'父亲慢慢地说：'孩子，你错了。如果现在把这棵麦子与其他的比起来，它确实是算小，但它还不是有许多穗未抽出来吗？也许这麦子图为某种原因长得慢些，但只要给它足够的养料与阳光，它也一定能抽出一棵很大的穗子来！'我愣住了，向父亲深深地鞠了一躬，便背起行李包回到了学校。两个月后，我终于考取了大学。父亲很高兴，说我是他最骄傲的麦子。"

"同学们，"老师提高了嗓门，"你们被编入(5)班，说明你们因为某种原因没有学好，就像麦穗因为某种原因而没有全抽出来一样。但这并不说明你们就永远'抽'不出来呀！"当时，教室里安静极了，不少人低下了头。老师继续说，"现在离高考还有两年时间，你们完全可以通过努力，把失去的补回来。请相信，我会与其他授课老师一起，陪伴你们，给你们阳光、水分和养料。你们会长成让周围人刮目相看的'麦子'的！"

两年后，(5)班夺得了全校高考第一名。

从此以后，学校不再按成绩分班。

感恩提示
gan en ti shi

这是篇让人读完微微一热的故事。我们分明能感觉，新来的班主任老师，他那冷静而年轻的眼光是如此温暖。每个人的一生，在面临人生转折的时候，据说头顶总会出现一盏灯，我们会借着那一点点的光亮，找到前行的方向。晚抽穗的麦子并不意味着永远抽不出沉甸甸的麦穗来，也许它还需要一场春雨的滋润，也许它还需要接受阳光的呵护，也许它只是在等待一次破茧成蝶的机会，如果我们匆匆收割，那也同样扼杀了那份收获和希望。人也一样，有些人少年天才，有些人却大器晚成，我们不能因为时间的早晚而对成功带有任何偏见。新来的班主任老师，将一株骄傲的麦子植进所谓的差班学生心中，从此也改变了他们对待人生的看法。而那年高考全年级第一的成绩，是一份最让人满意的答卷！

（邵孤城）

一到学校,吉姆就飞跑过来,握紧我的手,将我领到老师的房间里。他仿佛已经忘了昨天发生的事了。

一 串 葡 萄

◆文 /〔日〕有岛武郎

小时候,我非常喜欢画画。然而,由于颜料不好,我怎么也画不出让人满意的图画来。我的同学吉姆有一盒进口的上等颜料,其中的蓝色和胭脂红色美得让人赞叹。唉,要是能有吉姆那样的颜料多好啊!

我身心很弱,再加上天生胆小,同学们很少和我交往,我也没有知心朋友。那天吃过午饭后,其他孩子都在运动场上嬉戏打闹,只有我一个人坐在教室里,心情格外沉重。我满脑子都是吉姆的颜料,真希望能得到它们啊!这个念头让我脸发烧,心扑通扑通跳个不停。这时,上课铃当当地响了,我猛然站了起来,鬼使神差般地走到吉姆的桌旁,做梦似的拿出了吉姆的蓝色和胭脂红色颜料,放进了我的衣兜。

上课时,我依然心情紧张,老师讲了什么我一点儿都不知道。

下课铃终于响了,我松了一口气。可就在这时吉姆和班上三四个同学向我走来。

"是你拿了我的颜料吗?"吉姆问。

我想申辩,可是他们中的一个人将手伸进了我的衣兜。完了!那两块颜料马上就被他们搜出来了!我羞得无地自容,眼前一片漆黑。我为什么会干出这种丑事呢?无助的我只好抽抽搭搭地哭起来。

大家吵吵嚷嚷地把我拽到二楼,我最喜欢的班主任老师的房间就在那儿。

老师正在写东西。他们向老师详细告发了我拿吉姆颜料的事。老师认真地望了望同学们,又瞧了瞧快要哭出来的我,然后向我问道:"这是真的吗?"事情虽是真的,然而我无论如何也不愿告诉我所喜爱的老师,我就是这样一个让人讨厌的坏孩子。我终于哭出声来。

老师让其他同学都回去。她久久地不说话,最后才站起来,走过来紧紧搂住我的肩膀,轻声问道:"把颜料还回去了吗?"我深深地点了点头。

"你觉得自己的所作所为是令人讨厌的吗？"

老师心平气和的话让我特别难过，我悔恨地哭个不停。

"别哭了，明白了就好。你在这儿等我上课回来，好吗？"老师拿起书，然后从一直攀到二楼窗口的葡萄蔓上摘了一串葡萄，放在正在哭着的我的膝上。

放学了，老师回到房间，把那串葡萄放进我的书包："回家吧，明天一定要来学校啊，老师看不见你会很伤心的。"

第二天来了，到了该去上学的时间了，可是我偷拿了人家的东西，同学们会怎样对待我呢？他们肯定会说我的坏话。我实在不想去学校，我多么希望我肚子会疼，要么头疼也行啊，可是就是连我经常会疼的那颗虫牙也不疼了。找不到任何借口，我只好去上学了。

一到学校，吉姆就飞跑过来，握紧我的手，将我领到老师的房间里。他仿佛已经忘了昨天发生的事了。

老师在门口等着我们。"吉姆，你真是一个好孩子，你很理解我的话。"老师又转向我，"吉姆对我说，你不用向他道歉了。你们从现在成为好朋友就行了。好好握握手吧！"

老师笑着看着我们，我害羞地笑起来，吉姆也爽朗地笑了。

老师将身子探出窗外，摘了一串葡萄，用剪刀从葡萄的正中"咔嚓"一声剪成两半，分给吉姆和我。葡萄真甜啊！

从此以后，我跟以前比变好了，不像以前那么害羞了。每逢秋天，葡萄成熟的时候，我总是格外怀念老师，怀念老师那托着葡萄的美丽的手。

 感恩提示

gan en ti shi

好的教育方法是一个好老师用爱心创造出来的艺术。《一串葡萄》告诉读者一个好老师是怎样教育一个犯错误的孩子的，表达了作者对老师无限敬佩和怀念的感情。

作者通过神态、语言、动作、心理活动等多方面的描写刻画了这位善解人意的老师。"我"偷偷地拿了吉姆的颜料，同学们找"我"到老师那里是全文的铺垫。老师"认真地望了望"同学们，"瞧了瞧"快哭出来的"我"，"久久地不说话"，从老师的神态变化，表现了老师很谨慎地对待犯错误的学生。对老师的语言描写，把老师善于利用教育的艺术，对学生是循循善诱的一面表现出来，如"这是真的吗？""你觉得自己的所作所为是令人讨厌的吗？""回家吧，明天一定要来学校啊，老师看不见你会很伤心的。"这些话听起来既亲切又指出了学生行为的不对。老师两次摘葡萄的动作,反映了老师是一个细致、富有爱心的老师。此外,"我"的心理活动的描写表达了"我"对老师的怀念,烘托了老师的形象。

好的老师就是一本好的教科书,学生对其中的内容是永远不会忘记的。

(李 霖)

当时我们都觉得无地自容。到了25年后的今天,我终于体会到这可能是我一生中最重要的一堂医学课。

毕生难忘第一课

◆文 /[美]戴维·哈斯拉姆

我在医学院学到的东西有一半已经忘掉了,但我第一天跟导师到医院病房去时所得到的教训,却仍像灯塔般指导着我。

在医学院的头两年,我们学过了解剖学、生物化学以及所有其他看来无关的学科课程。终于,我们不用再浪费时间在那些临床前期学科上,可以去看看真正的病人了。我们六个学生紧张地站在内科病房里。

我们站在第一个病人的床尾,个个穿着挺括的白袍,口袋里插满了各类手册和医疗器具,但就是没有听诊器。导师要我们把听诊器留在护士室里。

我们的导师是内科的专科住院医生,他上上下下打量了我们一番。"这位是沃特金斯先生,"他说,"我们已经预先向他说清楚你们今天会来,他并不介意你们骚扰他。你们可以试试听他的心脏,不用焦急,慢慢听好了。他患的是二尖瓣狭窄症。这是个很典型的病例,你们以后未必有机会再见得到同样的病例。"

我们学过二尖瓣狭窄症的理论,知道患者其中一个心瓣的口会变得狭窄。尽管我们从来没有真正听过心脏的杂音,但都能说出即将听到的声音会是怎样的:先是响亮的心搏声,即瓣膜打开时的扑通一声,然后是这种病特有的两声杂音。

导师把自己的听诊器递给我们。"不要急,"他对我们说,"用心听,沃特金斯先生瓣膜打开时那扑通一声是特别响的。"

我们轮流用听诊器认真地听。我们神情专注,不时点头。"噢,有了,听到了。"我们都这样说。我们人人一听到那些心跳时,就面露喜色。我们感谢导师对我们解释得那么清楚。

上完这堂课,我们回到护士室,坐了下来。"大家都明白了吗?"导师问。我们都点头。导师从口袋里取出一个小钳子,把他事先塞在听诊器管子里的大团棉花拉了出来。原来听诊器是失效的,根本不可能听到声音。我们谁也不可能听到心跳声,更不用说瓣膜打开的扑通声。

"以后千万别再这样,"他说,"如果你们没听到,就说没听到。如果你们没听懂人家的话,就老实告诉他们。假装知道是怎么回事,也许可以欺骗你们的同事,但是对你们自己,或你们的病人,是完全没有好处的。"

当时我们都觉得无地自容。到了25年后的今天,我终于体会到这可能是我一生中最重要的一堂医学课。

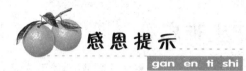

感恩提示
gan en ti shi

医学院的学生毕生难忘的一课不是医学知识,而是导师关于诚实为本的教育,这说明诚实是很重要的。

面对特殊的病症,面对导师不厌其烦的讲解,大家神情专注,不时点头,而且"面露喜色"。学生真听到了什么吗?原来,导师在听诊器的管子里塞满了棉花,听诊器是失效的,根本不可能听到声音。此时的学生们,没有比"无地自容"更贴切的描述了。

导师制造假象是为了试探学生,考验学生,结果学生都没有通过考验。就是因为没有通过这次考验,导师才谆谆告诫学生要诚实做人,欺骗对自己、对病人都是没有好处的。

导师的教导给了"我"深远的影响,使"我"能在人生的旅途中坚持诚实的本性。无论一个人从事什么职业,诚实永远是生命中最可贵的品格。实事求是,脚踏实地,我们才能在人生道路上走好每一步!

(李　霖)

第二辑
难忘师恩

师恩是一份母爱
滋润我的心田
我轻轻地谢
您微微地笑

我的四任语文老师

◆文/刘 波

1958 年，我 13 岁，考进了河北省立行唐中学。上到初二的时候，来了一位语文老师。他叫傅世炎，二十五六岁年纪，一头黑发，身长面白，一表人才，还写得一手好粉笔板书。傅老师古典文学底子很厚实，能整段整段地背诵《三国演义》、《水浒传》、《红楼梦》等名著。有一回，他在课堂上给我们讲课文《草船借箭》，抑扬顿挫，绘声绘色，直讲得整个教室里屏息静气，完全把我们带进了古战场的氛围。以致后来很长一段时间里，一些调皮的同学还常在背地里模仿他讲课的腔调。

那时候，我因为喜欢看小说。已经看过《三国演义》、《水浒传》、《济公传》、《岳飞传》、《三侠五义》等书，并能记住一些细节。因此，傅老师和我们谈起来，我还能插上话。傅老师特别推崇古典文学描写人物性格的工夫，常常把一些描写人物性格的句子讲给我们听。也真是"近朱者赤，近墨者黑"，渐渐地，我在作文时，语言中就半生不熟地带了那么股味道。1960 年麦收季节，我们全校出动，帮助农村收割。半月后回到学校，傅老师给我们出了一道作文题，题目叫《麦收》，限定一星期交卷。我那时正看着《三侠五义》，兴之所至，第一次用章回体写作文，因为有切身感受，写起来很顺手，很轻松，不知不觉写了十一回，近一万字。"有诗为证"、"且听下回分解"等话，都让我用进去了。本来是照葫芦画瓢的事，谁知傅老师看过后，认真起来了。当天晚上，他把我叫到他宿舍里，先问我读过什么书，接着把我写的《麦收》大大表扬了一番，又把他写的好几页评点给我看。至今我还清楚地记得：在我写的章回体第七回标题"一场大战鬼神泣，月下比武天地惊"，他用红笔批了一行字"和社员比赛割麦，用这样的标题不确切。可改为一场大战天地动，月下比武社员惊"。傅老师和我交谈过后，指着我的作文本说："看了你的作文，我高兴，一宿没睡着觉。我要报告校长！"

第二天，傅老师在课堂上重点讲评了我这篇作文，并对全班同学说：这小伙子将来能当作家、当记者哩!"

过了几天,傅老师找到我说:"校长看了你的作文,说要开个全校大会,让你在会上念几段,还要讲讲体会!"

我那时还是个很文静、腼腆的孩子。况且这篇作文也不过撞上了运气,有什么体会可谈呢!记得在全校大会上,我在掌声中走上讲台时,衬衣湿透了,眼皮也不敢抬,念了作文中的两段,就没的可讲了。

散会后,傅老师又把我叫去,要我抽时间读《中国文学史》。后来我到学校那座藏书甚丰的图书馆借了来,但那时读书,无非是兴之所至,哪有什么计划!一感到枯燥就读不下去了。直到 20 年后,在写作实践中有所悟,才仔细地读了这本书。此是后话。

进入初三,傅老师调到了新乐县中学。过了一段,他派了一个学生来找我,把我那篇《麦收》作文要走了。不久,我收到傅老师一封信,说他让人将《麦收》抄写了出来,推荐参加了石家庄市中学生作文展。傅老师虽已调走,却仍然如此关心、鼓励我写作,由此也改变了我的志向。我出生在医生世家,本来立志要学医的,从此后却对文学产生了浓厚的兴趣。

接替傅老师的语文老师叫康行言,是我们行唐县人,那时四十多岁,长得像电影演员张雁,朴实得像个老农。他不是班主任,对学生却很关心。那时候学生经常下乡劳动,康老师给我们带过几次队,每次都是左嘱咐右叮咛,都有点儿婆婆妈妈了。有一回他带我们到乡下去给一个生产队拔草,队长嫌拔得慢,竟骂骂咧咧的。康老师一听火了,猛地站起来说:"你敢骂我的学生,我们不干了!"领上学生就回校了。

康老师有些"婆婆妈妈",总是不厌其烦地向学生宣传学习语文的重要性,动不动就讲河北作家及其作品,从大作家孙犁到农民作家申跃中,都津津乐道。看他那心思,恨不得让每个同学都当了作家才好。他还把年级内爱好文学的同学组织起来,不定期地举办作品讨论会,介绍自己的写作经验。记得我们讨论过的作品有鲁迅的《故乡》、孙犁的《荷花淀》、申跃中的《社长的头发》等。初中毕业前夕,康老师把我近三年的作文本全部要去,由他逐篇看过,然后圈出了十篇,让人抄写在稿纸上,在全年级为我办了一期作文展览,并让我一个班一个班去介绍经验。那时候,我是班里的学习委员。虽说对文学有了浓厚兴趣,但对数、理、化也不敢放松,每次测试,数、理、化成绩还都名列前茅。教物理的何老师就对我说:"你底子不错,将来还是要报考理工科。学好数、理、化,走遍天下都不怕嘛!"并要我参加物理课外小组的活动。康老师知道后,好像要失掉什么似的,找到我说:"不要听他的,还是学文科好。学好文、史、哲,走遍天下吃馍馍哩!"直到我上了高中,康老师还经常到班里来看我,问我的作文情况,为我编织着作家的梦。

进入高一,我的语文老师是孙宝善。孙老师50多岁,身板挺直,疏朗的花白头发总是梳理得纹丝不乱,透出一股军人气质。后来我们才知道,他果真当过国民党军官,是起义过来的。他老伴是去世还是离了婚,我没有打听过。反正他是孤身一人,没有孩子。孙老师对学生有一种父辈的爱。那时国家正处在困难时期,他经常把自己节省下来的粮票送给饭量大吃不饱的同学,还为经济拮据的学生交过学费。我们都很敬重他。课余时间,他常叼着个"嗞嗞"冒烟的紫红色烟斗到班里转,和他的弟子们讨论写作问题。孙老师古文底子厚实,常给我们讲解《左传》、《史记》、《吕氏春秋》中的篇章,讲解唐诗宋词。他的经常讲解与背诵,引导我发现了古文之美。从此,我对古文产生了浓厚的兴趣,学习范围就不仅仅限于"之乎者矣焉哉"的用法了。孙老师见我兴致盎然,便把他的藏书《古文观止》借给我阅读,同时提议我在班里组织一个古文研究小组。这个提议很快得到五六个同学的响应,小组成立了,钻劲头也不小。我们除熟读一些古文名篇外,还试着把古文译成现代文,把现代文变成古文,或直接用古文来作文。不知不觉中,我们的文字显得精练、严谨了。后来我当了记者,在实践中尝到了懂得古文的好处,就更加怀念那段日子,怀念孙老师。"文革"期间,听说老人因当过国民党军官,住了牛棚,后来又在学校看大门管敲钟。有老同学来京谈起此事,不觉相对唏嘘。1977年春天,我到石家庄驻军采访,遇到也在部队工作回家探亲的高中同学王庆增。他在上学时担任我们班长,家境贫寒,是孙老师重点接济的对象。说起中学时代,说起孙老师,我俩便买了礼物,专程到行唐中学探望他老人家。谁知进门一问,说他已退休回无极县老家了。老人的晚年是如何度过的?从此不得而知。每每想起,心头总会升起一缕淡淡的惆怅。

我的最后一位语文老师叫张谊文。四川人,矮矮的个子,圆圆的脸,说话总带着笑意。那时也就是三十几岁吧,人却显得很拘谨。他是我们进入高二后期时来任教的。来后不久,班里就传开,说他是右派,爱人离了婚,每月只发20元钱的生活费,等等。20世纪60年代初期,虽说全国正大讲阶级斗争,阶级观念,但那时的师生关系还是颇为融洽的。有几个右派老师和学生相处得很好。张老师也是如此。我们在他的言行中感觉不到右派分子的"凶恶",相反还为他每月只能领20元的生活费打抱不平。张老师由于受过挫折,对形势、政策类的问题常常避而不谈,但一触及语文教学和写作,便滔滔不绝起来。大概是听了孙老师的介绍吧,一接任,他就要走了我过去的作文本。看过之后,他找到我说:"你很有潜力,将来可以报考北大中文系。眼下还是要多看多写。不要只局限在两星期一次的作文课上。光看不写,眼高手低;光写不看,眼也低手也低。"还给我讲了一些作家练笔的故事。

一任任老师的耐心指导,使我真的萌动了当作家的念头。要知道,作家这个职业,当时对爱好文学的青年来说,是具有极大吸引力的。为了能当作家,我暗暗下了工夫。我特地买了一本厚厚的笔记本,每星期都要写一至两篇散文、小说之类的东西。现在还记得起篇名的,有《童年的伙伴》、《田野落霞》、《风雪故人》、《牧羊犬》等,同时也夹杂着一些读书、读诗体会。每写一篇,都要送给张老师过目。他也总是极为耐心地给我批改、指点。记得他看过《童年的伙伴》后,曾对我说:"这篇有真情实感,可以投到《河北文学》上去。"我抄写一篇寄去了,却没有投中。张老师鼓励我说:"这没关系,写几十篇投不中的,有的是。还是那句话:多看多写吧!"

高中毕业前夕,我应征入伍。告别张老师时,他不无遗憾地说:"按说,你应该上大学中文系。既然你想当兵,也好。到部队更有生活,可别扔下笔。其实,好多作家并不是大学生。我等着你的好消息!"

我告别了学校,也告别了我的语文老师。然而,他们对我的教诲,对我的期望,时时激励着我。在军营,我用他们教给我的本领,写黑板报,写通讯报道,一步步走上了新闻工作岗位。当我接过《解放军报》的记者证时,老师们的音容笑貌清晰地出现在我的眼前。随着年龄的增长,对他们的怀念之情也就与日俱增。愿将此文作为心香一瓣,向他们祝福!

感恩提示
gan en ti shi

四任语文老师的个性差异,音容笑貌更是相差千里。从第一任语文老师"傅世炎,二十五六岁年纪,一头黑发,身长面白,一表人才,还写得一手好粉笔板书";到最后一任语文老师"张谊文,四川人,矮矮的个子,圆圆的脸,说话总带着笑意,那时也就是三十几岁吧,人却显得很拘谨。"四任语文老师的神情外表天差地别,然而他们的心却都深深地爱着他们的学生,都为他们的学生而跳动。"看了你的作文,我高兴,一宿没睡着觉。我要报告校长!"——第一任语文老师的童心童趣;"康老师一听火了,猛地站起来说:'你敢骂我的学生,我们不干了!'"——第二任语文老师的愤慨之辞;"他经常把自己节省下来的粮票送给饭量大吃不饱的同学,还为经济拮据的学生交过学费。"——第三任语文老师默默地帮助学生;"你很有潜力,将来可以报考北大中文系。眼下还是要多看多写。不要只局限在两星期一次的作文课上。光看不写,眼高手低;光写不看,眼低手也低。"——第四任语文老师的细心指导。不同的言语、不同的口气,却散发着同一种芬芳,那就是老师对学生深深的爱。作者刘波并没有细数每一位老师的丰功伟绩,而是从整体着手,从四任语文老师的差异与共同之处着眼,明明白白地告诉读者:即使千千万万的老师,有着千千万万张不同的脸,但他们却有同一颗心——一颗亘古不变爱着学生的师心!

(陈杏花)

超越谋生的职业,把教书当做一种享受,一种乐趣,当成生活不可分割的部分,执著认真痴迷乃至迂腐,这就是谌老师对我最具震撼力的灵魂撞击。

忆 念 如 水

◆文/王新雷

时间的流水可以冲淡一些东西,淘洗一些东西。十几年的日子剥蚀的不仅仅是我们的岁月和容颜,还冲刷着我们的感情和记忆。有些东西渐渐地淡了消失了,但有些东西,却不受感情的局限而嵌入人的记忆,甚至会随着岁月的流逝而变得愈加光亮起来。比如,我的高中语文老师谌老师。

说实话,在我上学的时候,从来没有料到有一天会写文章回忆他,更没有想到我竟然会从心底佩服他,敬重他。即便是他,也大概想不到能够如此深刻地记住他,并从心底奉之为人生路标的竟然会是我这样一个当时几乎天天和他捣蛋的"刺儿头"。

我的高中生活大部分是在东平三中度过的,那是一所与乡村密切相连的县级中学,当时虽然还挂着县重点高中的虚名,但每年高考几乎都有"秃头"的班级。老师们也大都不太安心教课,不是想往县城调就是想"跳槽",还有一部分什么门路都没有的就只能整天发牢骚。谌老师,属于为数不多的安心教学的一个。

教我的那年,他已经退休了。像他一样的老人,大都在家养花弄草享清福,可他闲不住,多次找学校说自己不能离开讲台,一离开讲台就生病。于是就有了我们的师生缘分。

在我的印象里,他个头不高,瘦瘦的脸上挤满了皱纹,就像枝头被岁月风干的山核桃,经常戴一顶罗宋帽。那种帽子当地老人很少戴。鼻梁上架着一副极朴拙的黑框近视镜,在眼镜的两条腿儿上,一条黑丝绳拴在脑后。说实话,他给我的印象并不好;模样呢,简直有点儿好笑;感觉呢,清癯而不挺拔,年高而不慈祥,尤其是镜片后的那双眼睛,虽已浑浊却依然掩不住倔强,一种与年纪极不相符的倔强。

其实我与他的交往,更多的是"斗争"。现在想起来,造成我们之间矛盾的,都是一些鸡毛蒜皮的小事。

那时,我和几个很要好的同学都不是听话的孩子。那个时候,我们任性而叛逆,冲动却又自以为成熟。

我班的一个女生和我的"铁哥们"有点儿似是而非若无还有的爱情,那女生是他的远房亲戚,他当然要干涉,于是想让当语文课代表的我给他提供一点儿"黑材料"。在十七八岁的少年看来,这种"间谍"行为无疑是对友情的背叛,是对我人格的侮辱,因此我断然拒绝。于是惹他发了脾气:他赌气不让我抱作业,每次都是自己气喘吁吁地抱到教室,全然不顾自己六十多岁的年纪,不管办公室到教室大约有二百米的距离。有时,我想从他手里接过来,他看我一眼,把作业抱得紧紧的,对我丝毫不理。

他很倔强,正因为他的倔强,我们的矛盾越来越突出。一次次,他把我们从座位上叫起,让我们站着听课,我们就赌气离开座位,走出教室,瞪着大眼与他对峙,并且故意把教室前门碰得山响,他气得没办法,也是对着前门出气——唉,十七八岁的我们呀,是一群多么不懂事的孩子!

我们不上他的课,不交他布置的作业,不参加平时的语文考试。甚至在他的背后喊他"糟老头子"、"谌老头子"。

其实,他在课堂上也讲"爱情"的话题,并且讲得眉飞色舞神采飞扬,尤其是分析起爱情中的女性心理来更是妙趣横生,比如由《林黛玉进贾府》谈到的"宝黛爱情",他讲到了"爱情"与"三十六计";分析《荷花淀》的"女性群像"时,他引用了太史公的"其辞若有憾焉,其实乃深喜之"来形容她们的心理;在分析少女的初恋情怀时,他不仅惟妙惟肖地模仿少女"欲言又止"、"欲说还休"的表情,还借用孔子"君子疾夫舍曰'欲之'而必为之辞"来取笑她们,这样的课总让我们捧腹大笑忍俊不禁,我们称他是"可爱的小老头儿"。直到今天,每想起这称呼,心里还备感亲切。

可是,就是这么一个"可爱的小老头儿"在涉及学生"早恋"的现实问题时,却古板得让人不可思议。他反对学生谈恋爱,进而反对学生阅读关于爱情的书籍,即使是《红楼梦》也不例外。记得一天午饭后,我和几个同学在教室里学习,突然听到一声恐惧的尖叫,原来,他发现他的亲戚(那个女生)偷拿了他的《红楼梦》到教室来读,那女生吓得脸色苍白放下书就跑,他气急败坏地追(真没想到他竟然跑得那么快)。眼看着追不上了,他返回教室,抓起那本书就撕成了两半,撕完还恶狠狠地摔在地上,然后扬长而去……

他讨厌任何一个有"早恋"倾向的同学,在课堂上也是不遗余力地影射讽刺。

我那个"铁哥们"当然是首当其冲,然后"恨屋及乌"地涉及我们。

也许,十七八岁的学生最不愿意被人干涉的就是爱情?

于是,我们叛逆。

我们上他的课起哄、出洋相、闹动静;我们故意当着他的面与女生"谈情说爱";我们喊他为"别里科夫"或者是"法海"。

尽管如此,我还是打心底里佩服他,虽然这种佩服是毕业十几年后才愈来愈清晰,愈来愈强烈。

他很少像其他老师一样郑重其事地拿着大本小本的教材、教参、备课本给我们上课,即便有时他随便拿一本放在讲台上,也只是摆设。最让我吃惊的也最让我佩服的就是他的"背功",每一篇古文,他都是倒背如流。讲《鸿门宴》,他给我们背《项羽本纪》;介绍《司马迁》,他给我们背《报任安书》;讲《林黛玉进贾府》,他就给我们背"大观园"里的"金陵十二钗"……我真不明白在他那并不起眼的肚子里,到底藏了多少东西,难道这个干巴巴的老头子的每一条皱纹里,都挤满了经典的篇章?就这样,不知不觉地,那"奋其私智而不师古"的西楚霸王、那"绳枢户牖之子"的陈涉、那白嫩嫩的像小葱似的"金陵十二钗"、那"食量大如牛,吃个老母猪,不抬头"的刘姥姥,都那样鲜活地烙在我的记忆里。

永远都无法忘记他讲课的情景边背边讲边写,激愤时,他扼腕叹息捶胸顿足,真有股"啖汝肉饮汝血剥汝皮"的架势;兴奋时,他会"手舞足蹈",一举一动,都是那样的自然与从容。这时候,他似乎不是一个已退休的老人,而是和我们一样甚至比我们更具童心童趣的孩子!那满脸漾着笑意的皱纹挤在了一起,宛若迎风盛开的银丝菊……

他给我们模仿古人"坐"、"跪"、"踞"的姿势,模仿古代女子"道万福"的姿势,以至于眼镜从脸上滑了下来,吊在胸前如豁牙露齿的孩童顽皮地打着秋千都浑然不觉。你很难分清他是在教书,还是在表演,也许这个时候,是他最快乐最幸福的时候,作为教师,能够把教书与享受如此自然地融为一体的,在我所受的十多年的教育生涯中,谌老师无疑是第一位。

尤其令我难忘的,是他的几个细节。

我上高一那年,学校把办壁报的工作交给了他,因我是语文课代表,他叮嘱我一定要积极地组织稿子,并把稿子筛选好。我那时真有点儿可怜他,六十多岁的人了还揽这摊子活。在我的印象里,办壁报这样的活一般是让那些工作时间不长、热情较高的年轻教师来办,稍有点儿资格的老教师是绝不屑于干这个工作的。再说所谓壁报,也无非是把学生的稿子组织一下贴在墙上而已,是不需要老师亲自动手的。我没有想到他会接受,更没想到会如此热心。为了给壁报起个满意的名字,他反复推敲甚至在草稿上拟好了几个名字,但无法最终确定哪一个更好,还亲自给北京的章熊和吴小如先生写信商讨(当时我不知道章熊和吴小如先生为何人,直到大学毕业站在了中学的讲台上成了一名和他一样的语文教师,才知道两位先生都是在学术界赫赫有名的人物)。当时我非常不解,至于吗?不就是一张壁报吗?而且是在这样破败的县级中学?吴小如先生回信说:"求是"更合乎科学的精神和人格的熏陶,故拟为"求是"更好,并亲自写好了寄来。就这样,在一个乡镇驻地的县级高中的壁报栏上,出现了学术名家亲笔书写的文字。天底下还真有如此迂腐的老头子,还不止一个!

有一天,我去办公室交作业,只见办公室的水泥地上铺满了稿纸,而他就跪在地上双手拄地眼镜吊在胸前细心地安排着稿子的顺序,摆来摆去换了又换,直到最后满意了,他才直起腰来,揉揉发酸的眼睛,捶了捶腰,然后把稿子的名称及顺序写在记录本上,不知怎的,我永远也无法忘记他跪在地上眼镜吊在胸前编排版面的情形。一个已经退休的老人,一个白发苍苍的老人趴在地上,那跪地的双膝,那拄地的双手,那高高隆起的背,似一张弓又似一座桥铸在那儿的背,还有那满头的银发,那如山核桃一般的皱纹,是那样霸道地嵌入了我的记忆!当流逝的岁月日渐苍白了昨天的往事,他那干瘦却又矍铄的身影,却深深地清晰地浮现在我的眼前……

有一次,我去他家借书,他正半躺在床上看书,见我进去,他连忙起来招呼。与其说是他的床,还不如说是书的床更确切:卷着的,打开的,折着角的,夹着密密麻麻随想文字卡片的,以各式各样的姿势占据着床的空间。在床前的写字台上还有几本工具书折好了记号反扣着。他说近日发现了辞书的一点儿错误,想写篇文章给予纠正,但拿不准,怕弄混了,所以查查资料以便了解得更确切一些。我随口说了一句:"不就是一个字吗,值得如此兴师动众?"他噌地一下站了起来,两眼直直地瞪着我,我突然发现,他近视镜片后面的那双眼虽然浑浊,可眼光还是非常锐利的,让人生怯却又无处躲藏。"这是学问,是学问!学问怎么能够马虎呢?"声调之高,语气之激动,神情之严厉让我震惊,看得出,他真的生气了。说完好久,他的嘴唇还在嗫嚅不停……

大约过了一两个月吧,他对我说那篇文章在上海的《文汇报》(要不,就是《联合报》,我记不清了)上发表了,是以他与吴小如先生谈话的方式发表的。我问他吴小如先生是什么人,他淡淡地说:"一个老头儿,和我年纪差不多的老头儿,不过他不'糟'。"我一听就不自觉笑出声来,原来我们背后叫他糟老头子,他早就知道!

还有一次放了晚自习,我未能按时收齐作业交上,心想明天一定要挨"批",趁着他不在的时候赶紧送去吧,于是就怀着侥幸去办公室,发现整个办公室就他一个人。那时天很热,大多数老师都已经回家休息了,何况像他那么一大把年纪的老人?虽然办公室的电风扇转着,可他手里依然挥着蒲扇,汗已经完全湿透了衬衫,紧紧地贴在身上。也许是坐累了,他站了起来,膝盖半跪在椅子上,上半个身子几乎趴在桌子上,一只手查着页码,另一只手呢,就拄着桌子支撑身体。天太热了,他查一会儿,就直起身子歇一歇,猛扇一阵子蒲扇,他的额头、鬓角、鼻尖、脖子都湿漉漉的,连头发都挂着汗水。他的视力太差了,即便戴着眼镜,也几乎要趴在书上,眼镜经常从他的脸上掉下来,砸在书本上,他就一次次地捉住它,安放到它应在的地方,就像他把顽皮的孩子哄回课堂一样……我站在那儿,看着灯光下那弯成一张弓的身影,心里涩涩的,眼泪马上要流下来了,我赶紧上前跟他搭话:"老师,您还没走?"他这才看见我:"该干的活儿还没干完呢。"我心一慌,老头子在说我吗?忙说:"天太热了,明天再做不行吗?""明天?明天就不热了?明天的活儿呢?"他顿了顿,看了我一眼,语气变得意味深长,"人不能随随便便地把今天拖到明天。"每当我懒惰、迷茫、浮躁的时候,这句话,就像钢针一样刺着我的心。

超越谋生的职业,把教书当做一种享受,一种乐趣,当成生活不可分割的部分,执著认真痴迷乃至迂腐,这就是谌老师对我最具震撼力的灵魂撞击。

 **感恩提示**
gan en ti shi

作者用极其生动的描述,活泼的言语让谌老师的形象跃然纸上,同时也让我们感觉到此起彼伏的感动,像波涛一样不停地敲打着我们柔弱的心灵。

"瘦瘦的脸上挤满了皱纹,就像枝头被岁月风干的山核桃,经常戴一顶罗宋帽"——衰老的谌老师;"他那并不起眼的肚子里,到底藏了多少东西,难道这个干巴巴的老头子的每一条皱纹里,都挤满了经典的篇章?"——博学的谌老师;"他给我们模仿古人'坐'、'跪'、'跽'的姿势,模仿古代女子'道万福'的姿势,以至于眼镜从脸上滑了下来,吊在胸前如龅牙露齿的孩童顽皮地打着秋千都浑然不觉"——可爱的谌老师。"你很难分清他是在教书,还是在表演"——执教中的谌老师;"一个已经退休的老人,一个白发苍苍的老人趴在地上,那跪地的双膝,那拄地的双手,那高高隆起的背,似一张弓又似一座桥铸在那儿的背,还有那满头的银发,那如山核桃一般的皱纹"——退休了的谌老师;"天太热了,他查一会儿,就直起身子歇一歇,猛扇一阵子蒲扇,他的额头、鬓角、鼻尖、脖子都湿漉漉的,连头发都挂着汗水"——工作至上的谌老师……作者王新雷就是巧用这样贴切的比喻、生动的叙述、细微的勾勒,把谌老师栩栩如生地摆在读者面前,我们除了对雕刻家(作者王新雷)有满脑子的崇拜,难道我们就能漠视心湖被谌老师所唤起的波涛汹涌的情感浪潮吗?一份'超越谋生的职业',一个"把教书当做一种享受,一种乐趣,当成生活不可分割的部分,执著认真痴迷乃至迂腐"的退休教师,难道就没有给你带来满眶的热泪吗?甘为孺子牛的谌老师,难道就没有给你带来塞满心窝的感动吗?

(陈杏花)

　　人,更多的是靠信念活着,在给予别人更多的爱时,别人也会像光线一样,将温暖反射到你的心田。

难忘的日子

◆文/佚 名

　　从教十多年,每每迎来朝气蓬勃的孩子,儿时入学到大学毕业的路,总会展现在我的眼前。它如一条蜿蜒的路,在丛林中留下了点点痕迹,虽斑斑驳驳,却也清晰尚存。前些天,我那母亲般的启蒙老师,一个电话,竟然把本市的几个同学全聚在了一起,那个温馨晚宴呀,乐倒了老两口,也让我们醉回了儿时的梦乡。

　　如今,每天手挽着爱女,看着她人模人样地和我交流着,仿佛又看到了自己,从朦胧混沌走向一片晴朗的天空。那些曾经如父母一样,携着我走过来的人,那一件件温暖着自己的事,总让我为找不到更合适的方式来报答他们而不安。

　　农历的八月,禾苗儿刚插入如镜的秧田,还没有洗去泥土,晚归的母亲,除带来了鲜嫩的瓜果,同时也带来了要送我上学的消息。呀,那简直就是梦中乐园,一定是神气极了。忙着向已经上学的伙伴仔细打听:"上学一定好玩吧?都什么样呀?学什么呀……"得到的回答是:"一会儿关起来,一会儿放出来,如果不听话,还要站起来!"我的天,那点儿兴趣一下子全吓没了,对那些管孩子的人,从开始就有了老虎般的害怕。

　　第一天的报名,我被领到了一个慈祥的女人面前。"你叫什么呀?几岁了?会数数吗……"哈,全是我会的,这些小玩意儿,早在家里就被爷爷教得差不多了。看着那个和母亲差不多大的女人笑嘻嘻地夸着自己,害怕也随着她的笑容和爱抚,早就到爪哇国里去了。

　　领了书,我坐到了教室,更乐了。那泥土和砖垒的长桌下放着四个小凳,一排可爱的小朋友,还没等到下课,名字、年龄、爱好比那女人还知道得详细。铃声一响,飞向操场,没玩够,铃声又把我们像赶鸭子似的扫进了教室。也许是高兴过头了,老师在上面讲,这边实在忍不住就继续说下去了,竟然还没看到老师已经走到身边,等到耳朵被一只大人的手擒住了,想收已经来不及了。没办法,一天之内,"放出去,关进来,站起来",给弄全了。

中午,近的孩子全回家了,因为学校离家远,只好把早上母亲塞在小包里的锅粑拿出来啃。更因为突然空荡荡的教室里,只有自己,一种莫名的害怕和不习惯向着小小的脑袋袭来。更由于那时是春季招生,直接上下学期,拿出书来,上面的字只认识几个,中午的作业又不会写,好嘛,要哭了,此时好想妈妈能在身边。

是她,给我端来了自家的午饭,帮我认识了一个个生字,教我从1~9写出了会背的数字,直到下午上课,她一直陪着我,如同带着自己的孩子。这样的日子,直到我二年级自己回家吃饭,中午总是在心中的另一个母亲那儿快乐地度过。

下午上课时,听同学说:"上课犯了错误,晚上老师要家访。"那就是意味着要向父母告状。在农村,父母一方面要当贵客招待老师,另一方面,要在孩子屁股上留下手印,以示警告,这下完了。硬着头皮做好学生,竭尽全力讨老师喜欢,这下午两节课要多乖有多乖,只要老师不家访。

可事实是残酷的。放学的铃无情地响了,回家的队伍早已经集合好了,正猜送队的不知是谁,一看:站在最后的那个女人,不是她还是谁。两腿发软也得走,只盼望她像别的老师一样,送到半路就回家,那多好呀。每到一个地方,学生少几个,最后只剩下我一个人了。实在忍不住,我说:"老师,我认识路,自己回家吧?"她笑了笑:"你不欢迎我到你家玩吗?"一句话,把我仅有的一点儿梦想全丢到水里了,苦呀。

母亲这回比外公来了还热情,父亲这回比镇上来了干部还客气。要放在平时,那丰盛的菜呀,定要多吃,可担心着要挨打,哪有心思呀。奇怪的是,她竟然没说我犯错误,好像还说了很多表扬的话,只看到父母一个劲儿地高兴,只看到她舒心的笑和不时投来的慈爱的目光。直到她走了,母亲还直搂着我乐,把我吓懵了,也乐懵了。

直到过了几天,自己袖子上多了些标志,其他孩子也对我多了佩服,作业本上多了好多星星,每天中午能吃着更香的饭菜,晚归的途中能听到更多的故事……我才觉得,除了每天教我读书识字外,她,更像一个慈祥的母亲。

是她,让我叩开了知识王国的紧闭大门;是她,让我发现世上除了生身母亲之外,还有另外的母亲;是她,让我从儿时的梦中,找到了一个五彩的世界;是她,让我在童年的欢乐中,畅游在科学的海洋。

我依稀记得那乌黑的头发在办公桌边一点点变白,那曾经背着我回家、上医院的矫健身影,那曾经为了鼓励我难过得独自流泪却始终没有改变一片爱心的母亲,是她那张永远带着慈爱的笑脸和孜孜不倦的诲人话语,鼓励着我永远向前。

五年的时光不算长,可每个日夜又是那么的长,她一如既往地走着。在那用祠堂改建的村小,她没有抱怨过;在自己动手做粉笔的日子里,她是那么的乐观;浇灌着这些满是土的农家孩子,她吃着自己种的、买的蔬菜。

是什么,让一个女人能有着如此的耐心和毅力走到现在?在遇到所有的困难时,包括她丈夫(我的另一位恩师)重病时,她依旧是那么乐观,那么慈爱?物质生活显然不是,名利功劳从未沾边,学子报答更不奢望。到底是什么?这是我多年思考的问题。

今天,当我走过这么些年,当我再次看着自己的孩子时,我有了一些体会和感觉。人,更多的是靠信念活着,在给予别人更多的爱时,别人也会像光线一样,将温暖反射到你的心田。是她,真正给我上了人生的第一堂课。

我在那次的晚宴上,我把这想法,轻轻地告诉了她——我的恩师。

她笑了。

感恩提示

gan en ti shi

作为老师,就是要尽心尽力教好学生,文中"我"的启蒙老师——那慈祥的女人便是这样做的,既当老师又兼母亲的角色,一年又一年悉心地奉献,培养出一代又一代茁壮成长的好学生,尽心尽责,开朗乐观,毫无怨言。她那乌黑的发丝一点点变白在简陋的办公桌边。"春蚕到死丝方尽,蜡炬成灰泪始干"便是她的职业生涯及人生的写照。

正是那慈祥的女人五年如一日地在我们身上倾泻她的一切,使"我"在为人师表与为人母时懂得:世间有种深沉的真爱源于一种信念,它不扎根于荣华富贵、功名利禄的土壤,它是"赠人玫瑰,手留余香"的爱,如涓涓细流滋润我们心中未开垦的荒园。这种信念不需要任何物质回报,它需要的回报仅仅是我们健康的成长,将爱的信念像火炬一样传递下去。星星之火虽小,但终可以燎原。

(谢永洁)

又一年过去了，又到了这金秋九月，在这个收获的季节，我的恩师，愿您节日快乐。

我祝愿我的老师妈妈

◆文/佚 名

　　我，一位农村女娃考进重点高中进了城，一切都是陌生而新鲜的。半年后文理分班，我选择了学文。文科有两个班，我所分到的班是由一位从别校刚调来的女老师当班主任，我许多同学求人转到了另一个班，而我，没关系，留到了这个班。我的学习不是很好，重视哪科哪科成绩就高，一骄傲了成绩还快速下滑，我就像墙角长出的一棵无人欣赏的小草，在班级的角落静静生长。

　　我以为自己会这样过完我的高中生活，平静无波，没想到高二时候发生的两件小事可以说是改变了我的人生。高二刚开学的时候，班主任找很多同学谈心，每逢看到有同学又被找去和老师谈心我就特别羡慕，我以为老师不会注意到我的，没想到在一个停电的晚上，教室里已点起了支支蜡烛，无意中看见班主任向我走过来，轻轻地敲了我的桌子一下，暗示我随她走一趟，我兴奋地拿着手里已点亮的蜡烛到了老师的办公室。班主任拿着我的成绩单，语重心长地告诉我，我将来肯定能考上什么样的学校，努努力还能考上更好的学校，我在那个时候才知道本科比专科好，老师希望我期末考试的时候考全班前十名，我当时没听清，头脑一热就答应了，谈完之后我离开办公室的时候才意识到我许下了一个很难兑现得了的承诺，但是已经答应了就不能更改了，努力吧，功夫不负有心人，我考到了班级的第七名，我原来的成绩可是班级中排四十多名的，这让我知道原来我行的。从那以后，我对自己充满自信。

　　还有一件事是有一次我病了，感冒，很重，上课起立的时候我没站起来，想通过这种方式让老师知道我病了，老师及时发现了，走到我身边，摸摸我的额头，让我上她的办公室休息，过了几分钟，她回办公室了，给我拿来感冒药，用她的水杯给我倒了些开水，怕我喝了烫，她细心地用嘴吹着热水，那个情景十多年了还如同发生在昨天，我回家对我母亲说我老师对我做的她都没做过，我觉得老师比我妈妈还好，我想叫她老师妈妈，可我不好意思叫。

如今,她退休了,我祝愿她以及全天下像她一样好的老师健康快乐,教师节快乐!

老师,您还好吗?

离开家好久了,也好久没和您联系了,老师您还好吗?

或许您已经忘了,我们第一次见面是什么时候。可是对我,还是印象好深。中考,您是我的监考老师,喜欢坐第一排考试的我,还曾被您问过,语文考试感觉如何。

上了高中,没想到会成为您的学生。或许您也没有想到,名校毕业的我,数学竟烂成那个样子。我们第二次谈话,是面对着我的一张考了37分的数学试卷。那时候的我对几乎所有的理论一问三不知。真不知道那时候给您留下的是什么印象;对我自己,我可是不想听什么辅导了,只想找个地缝。

一学期,两学期,三学期;我做题,您给答疑。一点儿一点儿的,渐渐的,我的数学成绩也可以达到全班前十名的位置了。我们像师生,更像朋友,不仅仅是数学,还有其他方方面面,有什么事情我都喜欢告诉您,听听您的看法。

再过不久,高考了,我上了一所还算不错的大学……我衷心地谢谢您,我知道,如果没有您,我是不可能有机会上大学的。

上了大学,离您远了,您的消息也渐渐地少了。

前些天,在这里,遇到了我一位小学弟。互通姓名后,听他说他是××高中毕业的,我立刻想到了您。便问他:"知道×××老师吗?她是我最崇拜的一位老师。"他恍然道:"啊,我知道你,就说你的名字怎么那么耳熟呢。我老师常常提起你,她常常给我们讲你的故事,让我们以你为榜样,向你学习。我们都知道,你是我老师的得意门生。"

听到这些,我心里又惊又喜,又惭愧。惊的是,远在他乡遇故友;喜的是好些年过去了,老师仍然记得我这个曾不争气的学生;惭愧的是,现在的我怎敢为别人的榜样。

老师,我一定会更加努力,就算不为别的,也要对得起那"得意门生"四个字。

又一年过去了,又到了这金秋九月,在这个收获的季节,我的恩师,愿您节日快乐。

感恩提示
gan en ti shi

在《我祝愿我的老师妈妈》一文中体现的正是一种淡淡的,却又让人刻骨铭心的师生情谊。老师对"我"的鼓励与肯定,从此使"我"对自己充满了信心;当"我"病时,老师对"我"的关爱与无微不至的照顾,使幸福就像花儿一样在我心里绽放,因为从那以后我多了一位妈妈。老师你曾记否？你不经意的一问，使得"我"的心情久久不能平静，对你的印象从此加深了；当你面对我那张 37 分的数学试卷时，你没有对"我"失望，反而更加关心和帮助"我"，和"我"一起同甘共苦，从那以后，我们成了无话不说的密友了。

文中不是轰轰烈烈的师生情，而是一种很平凡的感觉，一种也许我们每天都能感受和体会到的温暖。也正是因为这种平凡，让我们体会到了真。歌里也有唱："平平淡淡才是真"。学子们，用心去体会老师的用心良苦吧！

（陈观荣）

看到你们没做作业我多生气，因为你们的不懂事，不好好学习而生气；可是看到你们淋在雨中瑟瑟的样子，我又是多担心、多心疼吗？

唱《恋曲 1990》时真诚的样子

◆文/佚 名

忘了是哪一年升入的初中，反正那一年我 12 岁。在此之前，除了听"大学生"说些英语外，对英语一窍不通。我这里所指的大学生，就是我们上小学时那些上初中的哥哥姐姐们。对我们来说，他们已经是"大学生"了。

教我们英语课的是一名男老师，刚从天津外国语学院毕业，瘦高个，带个灰色的眼镜，从眼镜透露出的目光犀利、深邃，更让我记忆深刻的是他嘴巴上的那一撮小胡子，为此同学们都在背后叫他"小洋人"。

新的课程开始了，别的一切对我来说都是轻而易举，可是惟独英语就是不通。第一次英语考试时好像考了 48 分。有史以来的最低分。渐渐地，对英语失去了兴趣。甚至有时，布置的英语作业也不去完成。

一次，英语老师检查作业时，有好多同学都没有完成，这一次，他特别气愤，他说，不能再惯我们这样了，于是，没完成作业的学生都被"请"了出去。等检查到我时，我才发现，自己竟然忘记带作业本。天知道，那一次我是真的做了作业的呀。可是，老师不相信哪，我也懒得解释，雄赳赳气昂昂和他们一起走出了教室。那天下起了雨，雨不大，可是我们不大一会儿便淋成了落汤鸡。英语老师到外面看了看，说，你们都进来吧。我们几个都进来了。也就是 5 分钟的空隙，我们发现英语老师眼睛红了，紧接着他掏出手绢走到窗户边上擦起了眼泪。第一次，我们见一个老师在我们面前哭泣，而且是一个男老师！他说，你们知道吗？看到你们没做作业我多生气，因为你们的不懂事，不好好学习而生气；可是看到你们淋在雨中瑟瑟的样子，我又是多担心、多心疼吗？

终于，我的眼泪流了出来，一发不可收拾，为了英语老师说的话，也为了自己的委屈。不光是我，我知道一齐被"请"出去的同学全都哭了。从那以后，我们知道，原来我们的英语老师这样善良。可能所有的老师都一样，比较喜欢学习好的学生。我们的"小洋人"(天，大不敬哪，不会再这样叫了)也是这样。每次在课堂上回答问题时，他总叫那些英语学的比较好的学生来回答，如果回答对了，他便会将自己手中一本本好看的书借给他们，或者干脆是送给他们。其实这些书无非就是杂志、课外辅导、名著之类的。他的这一做法，无疑激励学生好好学习英语。于是，我便对自己说，等着瞧吧，有一天，我也会得到你手中的那些书。

至此，我努力地学习着英语，用功地背着单词，课本；写作业时，觉得自己写得不够好，便将这张撕掉，然后重写，去买最简单英语磁带，每一盘都认真去听，尽管还听不懂是什么。上课时，认真地去记笔记，也认真地写好作业。就这样，到了暑假。在假期里，也没有放松过对英语的学习。等到开学时，第一次的英语测试我竟然取得第一名，让英语老师和同学们大跌眼镜！从此，上课时，我成了回答英语老师提问的主力军，如愿以偿地，我也从他手中得到了好多的书。呵呵，现在想来，好可爱啊，自己当初努力学习英语的初衷竟然是为了一本课外书。从此，他对我也比较"偏爱"起来，一次上英语课时，值日生没有擦黑板，英语老师便问，谁的值日啊？我们班一个调皮的男生起哄说，是"×××"，也就是我。其实那天哪是我呀。英语老师听后，笑了笑说，以后要注意噢。

我上初中时上的是四年制，英语老师一直把我们带到了初二。我们在一天天地长大，英语老师的教学水平也在日趋成熟，我们班的英语成绩在全市取得了比较好的名次。到了初三时，他不能再教我们了，我们每个人的心里都存有一些遗憾，不管是"好"学生还是"坏"学生。他说，以后的两年里，我就不能教你们了，但是我永远是你们的老师，你们永远是我的学生，以后你们遇到什么难题，还可以去问我，好吗？全班同学异口同声地回应："好！"

好多年没有见到我们的那位英语老师了，据说他已经转到了别处教学。老师，您现在过得还好吗？是不是还像以前那样幽默，善良？到现在，我还记得您给我们唱你最喜欢的歌《恋曲1990》时真诚的样子，是不是您现在的学生在离开您时也像我们那时那样有太多的不舍？祝您一生平安。

此文有一种淡淡的格调,还是暖暖的。很难想像一位男老师因为心疼学生在学生面前哭,但却是真事。那种跟父母亲相同的"恨铁不成钢"心情如此真切,以致"我"已离开老师多年仍对此事念念不忘。"我"记得老师的好,也记得老师的激将法,为了赢得老师的书,"我"憋足了劲,硬是把英语成绩提高到全班第一。学生时代,拥有一位这样全心全意为学生的老师,作者怎么会把他遗忘呢?

老师,在离开您的日子,希望您还像以往一样的开心。不管我们身在何处,每忆起在我们生命中走过的您,我都会在心底喊上一声——老师,您好! (朱晓铃)

如果说,思念别人是一种温馨,那么,被别人思念则是一种幸福。

37年的寻师情结

◆文/庄之明

列车风驰电掣般地向着上海驶去,静悄悄的卧铺车箱里偶尔传来旅客打鼾的声音。夜已经很深很深了,我却怎么也难以入眠,思念着分别37年的学生,想像着即将与她们见面的激动情景,心潮久久难以平静。

我悄悄拉开了窗帘的一角,东方已经透出一线熹微的晨光。借着一线光明,我又一次细细品读了现在任教于上海市宝山区第三中心小学吴晓坚写给我的信。

吴晓坚的信

尊敬的庄老师:

请允许我这样称呼你,无论你现在干什么,或不干什么,你在我心中(不仅在我,而是在我们一群人心中)永远还是我尊敬的老师。

当你收到这封信时,也许你记不起我来,没关系,只要知道我是你第二个学生就行了。1961年秋天,你一身淡蓝色学生装,戴一副白色透着蓝光的近视眼镜,来到我们学校、我们班级,你说是来和我们做朋友。我们听了很高兴,从来没有一位老师这么对我们说过这种话,我和我的同学们一下子喜欢上了你,后来把你当成尊敬的老师和亲爱的大朋友。你经常和我们谈心,谈学习,谈理想,谈你为什么要当老师(你知道我们中许多人不愿意长大当教师,我明白你的心态)。几天的相处,你真的成了我们的知心朋友。有一天,你要给我们上课了,习惯用左手写字的老师在黑板上练习用右手写字,给我们留下深刻的印象。你给我们上的第一节课是《扁鹊见蔡桓公》。这是你第一次走上讲台,大概是过于紧张的缘故吧,你将诸侯的"侯"写成了"候",我急得在下面拼命给你暗示,无奈你上得太投入,始终没有发现自己的笔误。一下课,我快步冲到黑板前,指着错字叫你看。你懊丧地问我为什么上课不向你指出来,我没有回答,其实,我是怕干扰了你上课的思路,又怕加重你紧张的情绪。那天,我和老师一样沮丧。第二天,你当着同学的面说你写了错别字,很对不起大家,使我们好感动。

两个月的实习结束了,你回到了华东师大继续学习。有好几次,我和同学们结伴来到你的学校来看你,你给我们讲的生活故事,你的家乡,你的藏书,你写的发表在校刊上的文章,还有你的笔名——艺兵。你还带我们参观华东师大图书馆,让我们在书的海洋里遨游。我记得清清楚楚,你还送给我们几个同学一些小礼物。你送给我的礼物是一张华东师大图书馆的书签,画面是一幢楼房,楼前一排垂柳倒映水中。书签一头挂着一根红丝带,书签反面有你的赠言:送给吴慧珍小朋友(这是我上初中时的名字,因为我心太软,爱掉眼泪,同学建议我改名为"晓坚"),热爱书吧,它是人类进步的阶梯,庄老师左手书(你当时的名字叫庄志明,庄之明是你在上海青年报发表文章用的名)。这张书签我保存了34年,纸张已完全泛黄,丝带上的红色已褪去,丝带和纸一样泛黄。婚后,我搬了三次家,在最后的一次搬家中,女儿看到这张小书签,不知道有什么珍藏意义,不慎将其丢失,我后悔莫及。在我和你分别以后的数十年中,每当我看到书签,就会想起你的鼓励,想起你为什么要当老师的那一番话。我初中毕业选择了上师范学校,即使在教师地位不高、待遇不太好的年代,我也从来没有后悔过自己的选择。在你的影响下,我也喜欢写作文。当时,我斗胆把自己课外写的一些幼稚的作文请你批改。想不到你改得那么精心,还写了一大段夸奖的话。你的评语大约占篇幅的三分之一。你的评语,我一直像宝贝似的珍藏着。可惜的是,在我初中毕业前,我的那些有你批语的作文本子被邻居女孩借去不慎丢失了,当她买了两个新本子来还我时，我气得扔下本子就走。在我心中，那旧本子上庄老师的评语比新本子要珍贵千百倍。我记得你还送给失去母亲的曹根宝同学一叠新本子，鼓励她不要因家境困难放弃学业……这些在现代人看来微不足道的礼物，成了当时我们最值得珍藏的纪念。

庄老师，自从1962年秋天你大学毕业去了北京，我们就再也没有见过你。更难过的是我在一家商店门口被人偷走了钱包，里面有你的通讯地址，于是从此与你失去了联系。我试着写信给北京教育局，请他们帮助寻找，也杳无音讯。我和我的同学拼命回忆你在上海南市区的家，凭着依稀的记忆，我几次到南市区靠城隍庙一带寻找你的家，想通过你的亲朋好友打听你在北京的工作单位，但都毫无结果。有一次，我又冷又饿，垂头丧气回家，一路上凄凄惨惨，不知道难过了多少回，流了多少泪。"文革"开始不久，我与同学结伴到北京，也到处打听你的下落，人海茫茫，满怀的希望又成泡影。那时，北京的红卫兵对老师的态度，使我和我的同学都为老师担心，害怕老师遭到什么不测，我们都在心里默默祝福老师一生平安！

"文革"以后，我和我的同学甚至托人到公安局了解，想通过户口的迁移寻找老师的地址，都没有如愿。5年、10年、20年……时间的流逝并没有使我淡漠对老师的思念，相反，初中同学的聚会，又唤起我强烈的寻师愿望。

今年八月，我校新招的一年级学生中，有个小朋友的外公陈老师在华东师大当干部，我立即与陈老师联系，感谢这位热心人四处打听，多方寻找，并且通过62届毕业生调查，终于找到了你现在的工作单位。我激动啊，高兴啊！苍天有眼，在我和我的同学苦苦追寻了7年后的今天，终于有了老师的消息，叫我怎么能不激动。

老师，我有许许多多的话要告诉你，殷切地期待你的回信。

你的学生 吴晓坚
1998.8.1

当我捧读着晓坚这封发自肺腑、饱含师生情谊的信时，我深深领受到其中的深挚而温馨的情愫，我的眼眶湿润了。37年来，晓坚和地的同窗好友，一直在思念我这个写错别字的实习老师，风风雨雨，时刻不忘追寻我的踪迹。37年的寻师情结，这人生中的一段生活使我深切地感受到人生最美好的享受是思念，人生最珍贵的典藏是友情。这也正是已过花甲之年的我执意要和老伴千里迢迢赶到上海与分别37年的学生见面的原因。

火车到达上海以后，我立即打电话给晓坚，相约在我们下榻的远邦大酒店见

感
恩
老
师

面。因为塞车,我在酒店大堂里等了一个多钟头,终于见到了刚刚讲完课匆匆赶来的晓坚。我紧紧地握着她的双手,久久地凝望着她泪光闪闪的脸。岁月虽然在她的脸上刻上了皱纹,但我依稀记得少女时代的晓坚那天真、美丽、可爱的笑脸。此刻,已经是为人师表的晓坚早已激动得热泪盈眶,我们兴奋地谈起了37年各自的生活经历,真是说不完的知心话,道不尽的师生情,第二天早晨,晓坚特意派车来接我和我的老伴。晓坚的好友李毓敏、曹根宝也特意赶到晓坚家与老师相聚。那激动的场面真是难以表达。虽然她们已到了知天命的年龄,却依然像少年时代一样天真可爱。大家谈笑风生,仿佛又回到那如花如梦、如诗如歌的青春岁月。虽然生活里并不都是欢乐,但回忆却是一首永恒的歌。听着她们娓娓动听的叙说,我们夫妇俩都为她们思念老师、追寻老师的情意所感动。告别的时候,我们合影留念,张张照片留下了大家的笑脸,久别重逢的聚会,录下了我们的心声,我们相约来年在北京相聚。

我回到北京以后,又收到她们三位好友的来信再一次激起我的感情波澜。

李毓敏的信

尊敬的庄老师:

分别已有月余,您与王老师的音容笑貌犹在眼前。这次会面带给我们的激动和喜悦也时时在胸中涌动。三十多年前,您当实习老师时留给我们的美好印象,我们的脑海里保存至今。你可能记不清我们当时的模样但老师的形象却总是深深地印在学生们的心中。至今我们仍记得你那一口硬邦邦的福建国语,朗读课文时,一字一顿,抑扬顿挫,我们被深深感染了。而今老师依然普通话中带着家乡的口音,一副儒雅的学者风度。岁月如歌,当年的一介书生,现今成了一名优秀的出版工作者,著名编辑,在文学界、出版界有着骄人的成绩,我们为有这样的老师感到骄傲。老师别来无恙,我们的心愿了却了。

在寻找你的过程中,我们几个学生一致认为,无论老师现在干什么或不干什么,只要找到你,我们一定要请你到上海来和大家见见面,当这个心愿终于变成现实时,我们几个人高兴得像孩子似的。像我们这种年龄的人,已经很少会这么激动,但这个寻师情结,确实使我们亢奋了许久。我的女儿看到我们谈老师长、老师短的那份兴奋,说我们像"追星族",后来我问她你们青年人是如何诠释你们的"星"? 她说"星"就是心中崇拜的偶像。我想如果是这样的话,那就让我们这几个五十开外的人也当一回"追星族"吧。当我把这次与庄老师夫妇见面的情景告诉一些和我们一样时常惦念你的初中同学时，他们也都十分欣喜。尽管你当时仅教了我们两篇课文，与我们相处时间也不长，但由于老师平易近人，把我们当做朋友，使师生间的距离一下子拉近了。师生加朋友，这样的关系更令人轻松自在……不知怎么的，读到鲁迅的《藤野先生》我就想起了老师，读到都德的《最后一课》，我也会想起老师。我想，教会学生做对答案，只是一个及格的老师；传授给学生思路和方法的，是个好老师；但让学生从此痴情这门学科并且懂得怎样做人的不只是老师，而是导师。庄老师在我们心目中就是这样一位导师。我们还有几位同学谈起当年曾经跟随你一起到华东师大宿舍的情况，一景一物，她们的记忆都是那么具体、清晰。曹根宝谈起你送给她的练习本……张金娣(她现在也是中学语文老师)忆起你从宿舍的双层铺底下拉出装满书籍的木箱，让她们从中挑选喜爱的书带回家看……那时物质生活十分贫困，我们这些贫民子女求知欲望受到很大限制。曹根宝失去母亲后不得不中途退学，我和晓坚等同学也不得不放弃升高中考大学的念头，早早地踏上工作岗位，为父母分挑家庭重担。老师赠予的书籍、练习本、书签……都成了学生们弥足珍贵的记忆。对于一个老师，有这样一些爱戴你、思念你的学生，的确称得上是种幸福。

庄老师，你的来信，我们三个人都是看了一遍又一遍；老师寄来的书，我已翻阅了一遍，为少年儿童们写书、编书的人，他的心是永远年轻的。你和王老师都是把学生当成自己孩子一样的好老师，这是我和晓坚、根宝的共同感触，在逝去的往事里，师生友情永远是最精致、最美好的一页。

顺祝

全家快乐！

学生　李毓敏

1998.12.12

是的，一个实习老师能成为学生心中的"星"，并且苦苦追寻了 37 年，这是我最值得骄傲和自豪的事情，使我终生难忘。如果说，思念别人是一种温馨，那么，被别人思念则是一种幸福。

曹根宝的信

尊敬的庄老师：

自从与老师分手至今已有好几天时间了，但是我仍然处于兴奋与喜悦之中。以往,每次与同学们聚会,总会使我情不自禁地想起你——我们初中时的实习老师。尽管我们师生间接触的时间并不长,但是我还是和其他同学一样常常想念老师。我永远忘不了与同学结伴到您就读的大学宿舍,您送了许多本簿子给我,让我好好练习写作。您还和我们一起观看了一部片名为《晨星》的电影。我从小就喜欢文学,喜欢听语文课。那时,我多么想和同学一起学习,长大以后,按照我的爱好,创造我的人生。但是,由于母亲的病故,父亲年老多病,妹妹年幼无知(当时我妹妹只有9岁),我只得退学在家,每天除了做家务,接送妹妹上学,伺候体弱多病的为了我们姐妹俩生活带病上班的老父亲,空下来我就用老师给我的簿子写啊写,写我对现实的无奈,写命运对我的不公,写我对慈母的回忆,也写我对老师的感谢与思念。

时间过得真快,三十多年过去了,但是,我们这些同学始终没有忘记在初中二年级上学期来我班实习的庄老师。每次与同学好友聚会,或者在电话交谈中,大家都流露出对老师的怀念之情,都想知道老师的工作和生活情况,都表示要想方设法找到老师。多年的努力寻找,尽管困难重重,挫折不断,但是大家都不死心。我仿佛相信"心诚则灵",真是我们的一片心感天动地,终于如愿以偿。有一天,从小敏的电话里传来了她激动的声音:"吴慧珍找到庄老师了!"我当时真是惊喜交加,小敏和我一样的激动,欣喜万分,大家的声音哽咽了。我迫不及待地连声问:"老师在哪里?情况怎么样?身体好吗?"当知道老师一切都好,比我们想像的要好得多时,我们不由得又都为老师幸福的家庭生活、辉煌的人生感到无比的高兴……真是皇天不负有心人,谢谢佛菩萨的保佑。不久,又从电话里传来小敏激动的声音:"庄老师偕夫人王老师一起到上海看望我们来了!"在公共电话亭旁,我竟忘情地不合自己年龄身份地大叫起来:"啊!真的吗?真像做梦似的,什么时候能够见面?"电话亭里的阿姨也惊呆了,问我什么事这么高兴。当我告诉她与我们分开三十多年的老师要从北京到上海来看我们时,阿姨也为这份情感动了,连声说:"好,好,真是值得高兴。"接到小敏电话以后,白天兴奋,整天乐呵呵,晚上激动得睡不着觉,脑海里尽是回忆往事的种种情景,想像见面时激动的场面,并暗暗告诫自己,见面时千万不要流泪,一定要克制自己的感情,这毕竟是一桩天大的喜事啊!……我在心里默念:祝愿老师吉星高照,万事如意,事业有成,生活幸福,家庭美满,健康长寿!

学生 曹根宝书

1998.11.8

根宝是菩萨的虔诚信徒,为人心地善良,热心助人,尽管生活坎坷,但总是乐观地充满爱心地待人处世。她用特快专递寄来的两枚护身金符,一片赤诚之心,令我们夫妇为之动容,并时刻珍藏在身边。

　　我捧读着这一封封倾注着真挚的感情、燃烧着一颗颗火热的心的来信,心头真切地感受到的是一种精神的容量和高尚的境界,并获得了心灵的净化与升华。世间具有丰富的社会阅历、走过曲折的生活旅程的人,几乎随处可见,然而,像晓坚、毓敏、根宝那样苦苦思念和不懈追寻一个仅仅与她们相处两个月的实习老师,如此情深义重的人确实不多见。而今,我虽已过花甲之年,这37年的寻师情结,是我人生中最珍贵最值得骄傲的事情,其中蕴含的分量价值使我终生受益。记得有位诗人朋友在送给我的节日贺卡上写道:

　　岁月是叶,岁月是花,岁月是人生的果实,岁月也是沉甸甸的祝福;

　　友情是酒,友情是蜜,友情是人生的基石,友情也是金灿灿的收获。

　　谨以上述的一点儿感受,奉献给经历了37年寻师历程的吴晓坚、李毓敏、曹根宝和亲爱的读者们。

感恩提示

gan en ti shi

　　37年有多久?我想假如我爸37年不刮胡子,他的胡须肯定比圣诞老人的还要浓密了。有时候我们连教过自己的老师都不能一下子想起来,而吴晓坚、李毓敏、曹根宝他们却在37年的时间里念念不忘自己的老师,并且苦苦追寻他的下落。这究竟是一位怎样的老师?是一段怎样的师生情?

　　在学生的信里,我们知道这位深受学生爱戴的庄老师只是与他们相处了两个月的时间。而在这短暂的时间里,他们结下了深厚的情谊。因为庄老师不仅是学生们的老师,也是他们的朋友。他送一叠新本子给失去母亲的曹根宝,鼓励他战胜困难继续学习;他带学生参观他的学校并与学生谈心;他赠予学生很多书籍、练习本……总之,他爱学生,并懂得教导他们如何做人。同样让人感动的是,学生也懂得珍惜老师的爱。正如吴晓坚所说:"时间的流逝并没有使我们淡漠对老师的思念。"相反,时间使爱日益加深。

　　我想如果我们也遇到如此好的老师,我们也要好好珍惜,让他(或她)也能像庄老师一样感到无比幸福。

(彦　子)

> 他走进教室，又向我们深深地鞠了一躬，"对不起，让大家久等了，今天就不必起立了，我们直接上课。"

难忘的一躬

◆文/张彩红

上初三的时候，人气最高的是政治课孙老师。他不但课讲得有特色，待人处事也无可挑剔。最叫人难忘的是每堂课在班长喊起立之后，他总要鞠躬还礼后才正式上课。

孙老师最讲信用，答应我们什么事，他总会做到。对我们这些学生来说，孙老师就是我们学习做人的一本活教材，孙老师所说的、所做的，几乎成了我们的行动指南。

中考前几天的一个下午，第三节是政治辅导课。

上课铃敲响，进来的却不是孙老师，而是我们的班主任李老师：

"同学们，孙老师有点儿事，不能来上课了。不过他让我转告大家，放学前后，他一定赶回来，把大家的课补上去。"

那时我们还小，谁也没去想孙老师会有什么事，也没有人想到去问，但大家都认为，孙老师到时一定会来上课。

放学的铃声响了，孙老师还是没有来。

大家谁也没有动，因为同学们都相信，孙老师一定会来：

时间一分一秒地过去，教室外站满了接孩子的家长；一刻钟过去了，不少家长走进教室领孩子，但没有同学走：

"孙老师说了，他一定会回来的。"

家长们只好退出去，静静地在教室外面等。

校长过来了。他轻声地告诉大家，一个小时前，孙老师的家属在校门口出了车祸，正在医院抢救。孙老师可能不会回来了，大家可以回家了。

不少家长再次走进教室领孩子，但依然没有人动。同学们还是认为，孙老师说过他会回来，他就一定会回来的。

教室里正因家长劝孩子回家而出现骚动时，孙老师的身影出现了。他来不及擦掉额头的汗水，就向依然在教室外的家长深深地鞠了一躬，连连说了几个"对不起,请多原谅"。然后,他走进教室,又向我们深深地鞠了一躬,"对不起,让大家久等了,今天就不必起立了,我们直接上课。"

教室内外静得出奇。

孙老师平静地讲完了准备的课程,再次向同学们深深地鞠了一个躬:"谢谢大家的支持。我还有点儿事,有什么不明白的,明天继续。"

然后,对着教室外的家长们,孙老师又是深鞠一躬:"给你们添麻烦了,请多原谅。"

不一会儿,他的身影消失在了全体同学和家长的目光中。

中考后我们才知道,孙老师的家属在那次车祸中去世了。

同学们泣不成声。

那个下午,孙老师的深躬一直深深地印在我的记忆里:成为一名教师以后,我一直把孙老师那几个抱歉的鞠躬作为衡量自己对待学生和做人做事的准则,并成为我人生中一笔最宝贵的财富……

感恩提示
gan en ti shi

鞠躬,作为一个基本礼节,在日常生活中我们经常遇到。有的人鞠躬时只是象征性地欠欠身子,而有的人一定是深深的几乎90°的鞠躬,像文中的孙老师一样。读罢全文,展现在我们面前的就是这样一个老师:课讲得好,待人接物无可挑剔,最讲信用。他的所有优点都凝聚在"深深地鞠了一躬"这个动作里,我们从中看到了他的真诚,他对人的尊重,他对教育事业的热爱,他人品的高尚,当然还有他的坚强……即使在家属罹难这样的灾难面前,他仍能一如既往地恪守自己的准则,坚守自己的信用。

这个世界很大,不同性格、不同喜好的人很多。只有发自内心地去尊重别人,对自己的言行负责,才能被人尊重、被人信任。孙老师的长相我们没有见过,但是我们都相信,他是一个教学生如何做人的好老师,能遇到这样的老师,是学生最大的幸福。

(李 爽)

感
·恩
·老
·师

一钱难倒英雄汉。不就是两块三毛钱吗——他是想要读书，又不是想去杀人放火！

没有遗像的校长

◆文/陈源斌

这位校长准确的职务，是革委会主任。他不识字。当时"文革"到了中期，搞"三结合"，他作为某一方的代表。派进镇上的完全中学，当了领导班子一把手。

这个人的相貌有严重的缺陷。他只有一只眼睛，另一只是假眼，可以自由转动，晶体上覆盖着一层白翳。有人猜想是塑料做的。他的脑袋受过伤，很不好使。学校新分配来几位年轻老师，他上前热情握手，说："欢迎！欢迎！请问您尊姓？"第一个被他握手的是个女的，解释说："我姓张，去年就进校了——这几位才是新来的同志。"握了一圈儿手，又到了这位女教师，他没有认出来，继续握手请教姓名，女教师脸红了，说，"我刚才说过的，我是去年来的，姓张。"这种张冠李戴的事情，不止一件两件，时有发生。

那个时候，学校时常召集全校大会，这位一把手偶尔也被请上台讲一讲话。他不识字，没有办法读讲话稿，记忆力又不好，想到哪儿讲到哪儿。他使用的全是生活中的大白话，喜欢打比方，听起来挺生动的，只是免不了出错。他批评学生放学急于回家，说："出了学校大门，两步并做三步跑，朝家里狂奔！"两步并做三步，岂不是越走越慢？他将意思完全弄反了。底下学生听了，忍不住哄然大笑。他不明白，以为自己说到了点子上，脸上很得意。他的话有时候十分粗俗："这些同学听到放学铃响，嘿，你看他快活的样子——屁眼像有鸡毛搔的！"——后来，"两步并做三步跑"、"屁眼像有鸡毛搔的"，成了这座校园里老师和学生挂在嘴边、具有特殊含义的词汇。

我跟这位校长打过一回交道。那是高一下学期开学报名，学校要求在当月14日前缴清学杂费，逾期做自动退学论处。我父亲每月15日才发工资，等我拿到钱，已经被学校宣布除名了。我先是低声恳求，接着大声争辩，都不起作用。这时候，那位校长走来了。他已经站在旁边听了好一会儿了，奇怪地插嘴问道："这个规定，我怎么不知道呢？"他不但让我报了名，还表态免去我这学期的二元三角钱学杂费。可是，这位学校的一把手说话是不能算数的。他的脑子不好使，向他请示过的事情,稍不留神他就忘了。学校大大小小一应具体事务,均由其他领导班子成员直接处理。所以我被除名的事,到这里并没有完:老师每天上课照样不点我的名,交上去的作业也不批改。然而,这一次真正例外,过了几天,他竟然想起我的事来了,不厌其烦地跟班主任和各科老师逐一打招呼。他还找到坚持要将我除名的那个领导班子成员,说:"一钱难倒英雄汉。不就是两块三毛钱吗——他是想要读书,又不是想去杀人放火!"可那位领导班子成员依旧不理不睬。他火了,发作道:"老子难道就不能做一回主?"

这位不识字的人后来不当校长了。后来,他死了。他在这座中学校园里共呆了11年,是任职时间最长的一位校长。母校四十年大庆,纪念册用彩页介绍前后九任校长,只有8张照片——第五任是他的名字,上方放照片的地方空着,底下注有一行字:"病逝,未留遗像。"

感恩提示
gan en ti shi

不识字,相貌有严重缺陷,脑袋不好使,甚至说话有些粗俗……这样一位校长,一定是被人鄙视的,没有威信的,经常被人取笑的。"我"也这么认为。然而同他唯一打过的一次交道却那么令人难忘,因为正是他的努力争取,才使"我"有了继续求学的机会。他死了,面对纪念册上那没有照片只有六个字注释的名字,"我"在想什么? 你们又在想些什么?

如果是一位相貌端正、水平很高的校长曾为"我"的学业如此努力过,"我"会感激,但不一定难忘。而这位校长之所以在很多年后仍然时时被人追忆,正是因为他丑陋的相貌、粗俗的言行与他的助学义举形成了强烈的对比和反差。从中我们可以知道,他虽然有很多缺点甚至缺陷,以至于连一张照片都不曾有过,可是他却是一个善良、有原则的人。

一个人可以没有智慧、美丽或者技巧,但是不能没有原则和正义。一个善良正直的人,在别人心中,可能是永远难忘的。

(李 爽)

我翻出湘榛老师给我的小说集《人之初》，他在扉页上的赠言是："艺术真谛：独一无二。"老人的这八个字，大概会在我脑子里转一辈子。

人 师 湘 榛

◆文／逢春阶

大作未完身先死，常使友朋双泪流。长篇小说《天国梦》刚开了个头，它的作者郝湘榛就到天国去了。作为一个写作者，我有物伤其类的感觉。

湘榛老师一生低调，有他的自传为证："郝湘榛：男，命运不济。1929年生在山东青州一个穷困的农村家庭。从记事起就来了鬼子，以后就解放战争拉锯，学校办办停停，躲躲藏藏，弄得没大捞着上学。1942年瞎（方言：丢失）了秋季，又几乎饿死。1949年当小学教员，因为爱好文学，还发表点儿小东西，就拔到了县文化馆。曾出版过三个小册子，打成右派，一下子抠去了22年。后来改正了但也老了，常感疲劳，精力不行。现在临朐县文联主办文学讲习所，全扑在培养文学新人上了。"自传里没有罗列他获的奖项，没有写上他作品的名字，他甚至忽略了自己创作的由长影拍摄的电影《半边天》，还忽略了县政协副主席的职务。

一身灰布中山装，瘦高个，皱纹如沟壑般的脸，倔强的目光，紧闭的嘴巴，还有让风吹乱了的头发。这是湘榛老师给我的印象。1996年9月4日晚上，他跟我谈什么叫文学爱好者的话题，让我记忆如昨。他说，什么叫爱好，你看酷热的天气，篮球场上小伙子大汗淋漓地拼抢，谁也没逼他们。我们躲在树阴里欣赏都嫌热。小伙子不怕热吗？是爱好啊！小伙子追姑娘，三九天蹲在雪地里，还觉得浑身暖和，是什么东西驱走了严寒？是爱。写小说，也跟谈恋爱一样，得痴迷。一年写1万字，而且写写停停，我看就不是爱好者，一年没有写出10万字，就不算真爱文学，是想把文学当成跳板，就像跟人家姑娘结婚，不是出于爱，而是看中了她爸爸是县长或者看中了她的家产。

我还保存着一封湘榛老师写给我的长信，他在信中说："我觉得我的想像力太差（不少作者也有这个毛病），这是我们的最大敌人……想像的力量可以使'平庸厌恶'的现实变为一种神圣的财富。可以无限地激发一个人创造生命，能驱使一个人对于世界和人群产生无限的欲望。按自己的方式来表现它,这样的作品就大大不同于其他人的作品了。"晚年的湘榛老师常常反思自己的创作,他有时自言自语:弯路走得太多了。

湘榛老师几次谈到要搞鸡毛文学,写小事,一件件地写。像契诃夫,你看《装在套子里的人》《万卡》写得多好,还有《小公务员之死》,都是鸡毛蒜皮,但写得有味道。写这个当然不能用老法。他 1998 年 11 月给我的信中说:"只可恨精力衰退,不愿提笔写字……能量大大减低。"我看后很为湘榛老师的状态担心,他还能写东西吗?可喜的是,2002 年《大家》第 4 期上,看到了他发的中篇小说《鼠人》。我终于看到湘榛老师说的非常标准的鸡毛小说。

湘榛老师不爱谈自己的经历。他偶尔说过一次,当右派的时候,有几个小伙子扇他耳光,扇得最痛的那个小伙子他还记得,他不是记恨小伙子。他说:"我在琢磨,他怎么扇得比别人痛呢?看来他对扇耳光有研究。我想把扇耳光的细节写到小说里。"别的,他就不讲了。我只知道,他的儿女都在农村种田,也都曾经埋怨他;我只知道,他的大女儿、大女婿和外孙子车祸身亡,留下他的外孙女,为外孙女能上学,四处告借;我只知道他家里连个沙发也没有,临去世前,才搬进新家,搬家时,收破烂的都觉得他的上世纪五六十年代的家当,当破烂收也得打折……但这一切,都没有阻碍他对文学的向往,没有阻碍他的思索。

晚年的湘榛老师,写的少了,而跟他习文学的多了。他忙着给学生们修改,帮着推荐,学生作品发表了,就跟自己发表作品一样地高兴。他会端着酒盅,抽着劣质烟,跟得意门生聊到夜阑人静。

湘榛老师不谙世故,对所谓的迎来送往从不感兴趣。说话从不遮掩,得罪了好多人。他晚年,一些退休的老人到他家谈张长李短,他往往一扭头,不理,也不说话。如果你跟他谈文学,他马上眼睛就亮了。他的学生青年小说家马金刚说:"郝老师得的是肝癌,临去世前,我去看他,已经不能读书,我就给他念卡尔维诺的小说,念了一段,他特别高兴。"

我翻出湘榛老师给我的小说集《人之初》,他在扉页上的赠言是:"艺术真谛:独一无二。"老人的这八个字,大概会在我脑子里转一辈子。

感恩提示
gan en ti shi

作者逢春阶没有借用豪言壮语去褒扬湘榛老师的丰功伟绩,而是任由思忆的河流在读者脑海里冲刷出湘榛老师的一生。

湘榛老师没有像太阳那样披着金碧辉煌的外衣、也没有绚丽多彩的一生，而是仅仅穿着灰布中山装、过着低调乏味的一生，但他却依旧以他诙谐的一面，直刺现实，告诉我们"什么才是真正的爱好"，指引我们走向阳光；他没有太阳如花绽放的笑靥、温柔暖人的柔光、滔滔不绝的温厚，而"只有皱纹如沟壑的脸，倔强的目光，紧闭的嘴巴"，但他却依旧以他如此历经沧桑的脸，告诉我们"想象的力量是什么"，让我们在走向阳光的大道上"少走些弯路"；他没有太阳源源不断的热、无穷无尽的能量，而只是"精力衰退"、"能量大大减低"，但他却依旧以自己仅存的硕果，酝酿出中篇小说《鼠人》的甘饴，告诉我们在通往阳光前程的道路上要永不放弃，这才能摘取阳光下鲜甜的甘饴；他生活困顿，境遇悲惨，但他却依旧以他仅存的余力，自认为黯淡的经验"忙着给学生们修改，帮着推荐，学生作品发表了，就跟自己的作品发表了一样高兴"……

他拥抱生活的苦难，亲吻人生的悲惨，他用微笑和坚持，打败了生活的嘲笑。他没有像太阳那样日复一日高高地挂在我们的头顶，而是俯下身子为所有的学生服务。如今黄土盖住他瘦小的躯体、时间吞噬他的一生，而他却把他心灵的感悟凝结为"艺术真谛：独一无二"。
（陈杏花）

 　　每一年我都会留着我的每一个学生的一页作业，写上日期并且按时间的先后顺序排好。我每一次这样打开它们的时候，似乎又生活在过去那些岁月里了。

爸爸的老师

◆文 /[意大利]亚米契斯　译 / 李紫

　　昨天，我同爸爸的旅行是多么开心啊！事情的经过是这样的：前天吃饭的时候，爸爸正在看报。突然，他吃惊地说："我以为他20年前就不在人世了呢！你们知道吗？我小学一年级时的老师文森佐·克洛塞提已经84岁了！你们瞧，报上说部长授给他一枚勋章。60年，你们想想看！他两年前还在教书呢。可怜的克洛塞提！他就住在昆多佛，从这儿坐火车去只要一个小时。恩里科，明天我们去看看他。"

　　那一整个晚上他除了老师就没谈别的。老师的名字让他想起了自己儿时的往事,儿时的伙伴,还有他死去了的母亲。"克洛塞提!"他兴致勃勃地说,"我在他班级里的时候他才40岁呢。我现在还记得他的样子,他个头儿不高,那会儿就有点儿驼背,两只眼睛很有神,胡子总是刮得很干净。他虽很严肃,却是个很好的老师,即使我们有什么过错,他也总是能原谅我们。他是靠着勤奋苦读才从一个农民变成一名教师的。他是个好人。我的母亲很敬重他,我的父亲把他当成一个朋友。他怎么会到离塔林不远的昆多佛去度晚年的呢?他肯定已经不认识我了。没关系,我还能认出他来。44年过去了——44年啊,恩里科!我们明天就去看他。"

昨天上午9点钟的时候,我们来到了火车站。我原想让加伦也去的,可他没能来,他的母亲病了。

那是个美丽的春日。火车驰过绿色的田野,两旁树篱上的花儿都开了,我们呼吸到的空气中都充满了花香。爸爸兴致很高,他不时把胳膊围在我的颈上,一边凝视着车窗外的原野,一边朋友似的同我说话。

"可怜的克洛塞提!"他说,"除了我的父亲,他是最爱我而且对我最好的人了。我永远也不会忘记他对我的那些教诲。有一次被老师斥责而难过地跑回家的情形,至今还深深地印在脑海里。老师的手很粗大,老师的神情,至今还历历在目。

"他平常总是静静地走进教室,把手杖放在屋角,把外套挂在衣架上,无论何时,他总是很真诚、很热心地对待我们,什么事情都尽心尽力,像第一次上课那样认真。

"我现在似乎还听得见他对我说:'波提尼!用食指和中指这样握笔才对!'44年了,老师恐怕变了很多。"

我们一到昆多佛就去打听老人的住处,不一会儿就打听到了,因为在这里的每一个人都认识他。

我们离开街市,走上一条两边盛开着鲜花的小路。

爸爸不再说话,完全沉浸在对往事的回忆中,不时地微笑着,不时地摇着头。

突然,他停住了脚步,说:"是他!我敢打赌,那肯定是他。"小路那头儿,一个小个子的白发老人正向我们走来。他戴了一顶大帽子,拄着拐杖,走路的样子好像很吃力,双手也在颤抖。

"就是他!"爸爸又说了一遍,加快了脚步。

走近他的时候,我们停住了脚步。那老人也站住了,他看着爸爸。老人的脸色依然红润,双眼流露着慈祥的光辉。

"您是——"爸爸脱了帽子,"文森佐·克洛塞提老师吗?"老人也脱帽还礼,回答说:"我是。"他的声音有些颤抖,却依然饱满。

爸爸握住老人的一只手,说:"我是老师从前教过的学生,老师好吗?我是从塔林来这儿看您的。"

老人惊异地望着他。过了一会儿,他说:"您太客气了。我不知道——您是我什么时候的学生?请原谅,您能告诉我您的名字吗?"爸爸说了自己的名字:阿尔柏托·波提尼,还说了自己上学的地方和时间。然后,他说:"您不记得我了,这个很自然。可我却还能认出您来!"老师低下头,盯着地面,嘴里念叨着爸爸的名字,爸爸微笑地望着老师。

忽然,老人抬起了头,他的双眼大睁着,缓缓地问道:"阿尔柏托·波提尼?工程师波提尼的儿子?住在康斯拉塔的那个?""没错!"爸爸说着伸出手去。

"啊,真对不起!"老人说着走上前来拥住了爸爸。他那满是白发的头刚到爸爸的肩膀。爸爸把自己的脸贴在老师的额头上。

"请跟我来。"老师说着,转身领我们向他的家走去。

没走几分钟我们就来到一个前面有个小小的庭院的小房子前面。

老师打开门,把我们让进他的家里。小屋里四壁都粉刷得雪白,房间一角摆了一张帆布床,床上铺着蓝白方格的床单,房间另一角摆了一张书桌和一个书柜。屋里还有4把椅子,墙上钉了一张很旧的地图。小屋里弥漫着一股苹果的甜香。

我们三个人都坐下了,有一会儿爸爸和他的老师沉默不语。

"波提尼!"老师看着阳光照射的地板,说,"噢!我这会儿记起来了!您的母亲是一位好母亲!你上一年级的时候是坐在左边靠近窗户的板凳上。我还记得你那会儿长着一头卷发。"然后,他又沉思了一会儿说,"你是个很活泼的小家伙,在二年级的那年,你得了扁桃腺炎。我还记得他们把你重新送到教室来的时候,你那么虚弱,裹在一个大围巾里。四十多年过去了,是吗?你真好,还能记着你这可怜的老师。你知道吗?从前的学生来找过我的很多,其中有当了上校的,有做了牧师的,还有些是绅士。"然后他询问了爸爸现在所从事的职业。接着,他说,"我真高兴,从心底里高兴。谢谢您了。我有很长时间没有客人来访了。恐怕你是最后的一个了。"

"您别这么说。"爸爸激动地说,"您还很健康,您不该这么说。"

"不,不!你看到这双手了吗?抖得这么厉害,这是个坏兆头。三年前它们就这样了,那时我还在教书呢。起初我并没在意,我以为会好的,不料渐渐严重了起来,终于有一天,我不能写字。唉!那一天,我生平第一次在学生的作业本上滴了一大滴墨水,我心里难过极了!这以后又勉强支持了一段时间。可我已经不大能胜任工作了。教了60年的书,我终于不得不离开了我的教室,离开了我的学生,离开了我的工作。这很困难,你明白吗,很困难。我上完最后一堂课的时候,班上所有的学生都来送我回家,还说了许多热情的话,可我还是非常伤心。我知道自己的生命就此结束了。我一年前失去了妻子和我们惟一的儿子,现在我只有两个当农民的孙子了。我靠几个养老金过活,我什么也做不了,我觉得日子像总也到不了头似的。我现在惟一的活动就是去翻翻过去的课本,或是重读日记,或是阅读别人送给我的书,都在这里呢。"他说着指了指那个小书柜,"它们是我的记忆,是我全部的过去,在这个世界上我再也没有别的什么东西了。"

然后,他的语气忽然显得高兴了起来:"吓你一跳吧!亲爱的波提尼先生。"

他站了起来,走到书桌前,把那长抽屉打开,里面有许多纸卷,全都用一种细绳子捆扎着的,上面写着不同的年份。

他翻找了一会儿,然后打开其中一卷,翻了几页,他从中抽出一张发黄了的纸,递给了爸爸。这是他40年前的作业。

在这页纸的上端写着:"阿尔柏托·波提尼,听写。1838年4月3日。"

爸爸仔细端详着这写着小孩儿笔迹的纸片,不禁笑中带泪。我站起身来问他怎么了。

他伸出一只胳膊搂住我说:"你看看这页作业。看到了吗?这些都是我那可怜的母亲给我改的。她总是把我写的"1"和"t"那一竖拉长,最后这几行全是她写的,她会模仿我的笔迹,那时我疲倦地睡着了,她替我写的。"

说着他亲吻了那页纸。

"瞧这儿。"老师又拿出另外一束来,"这些就是我的纪念册。每一年我都会留着我的每一个学生的一页作业,写上日期并且按时间的先后顺序排好。我每一次这样打开它们的时候,似乎又生活在过去那些岁月里了。啊!多少年!只要一闭上眼睛我就又看到那一张张的小脸,一个个的班级。谁能知道他们中有多少已不在人世了呢!有些孩子我还能清楚地记得,我记得最清楚的是那些最好的和最差的,给我快乐和让我伤心的学生。在这么多的学生里,肯定会有很坏的!但是现在,我似乎是已经生活在另外一个世界里了,无论是好的坏的,我都同样地爱他们。"

他又重新坐了下来,握住了我的一只手。

爸爸微笑着说:"您是不是还记得我那时的恶作剧?"

感恩提示

gan en ti shi

幸福是一抹永恒的感受,而幸福又往往诞生于一瞬间的记忆。

当父亲在无意中从报纸上看到小学老师克洛塞提的消息后,潮水一般的回忆顿时涌进了脑海里。没有华丽的词藻,没有堂皇的赞颂,克洛塞提老师的样子、克洛塞提老师的眼神、克洛塞提老师的教诲,一切,父亲都能清清楚楚地记得!一幕幕的情景,展开在父亲的脑海。仿佛一只曾经飞去的燕子,如今撞进父亲的胸怀,让人惊喜、让人温暖、让人感伤。

克洛塞提老师已经八十多岁高龄了,可他依然还能记起父亲的卷发,父亲的生病。一切幸福的岁月都在一瞬间展现,而这一瞬间又成为了永恒的感动。

随着老师将他多年珍藏的卷纸打开,文章也就进入了最感人的核心部分。那是一份珍藏了44年的学生作业。那一片片已经发黄了的纸页,上面写着的尽是青春的印记。曾经的微笑,曾经的痕迹,曾经的言行,这些,克洛塞提老师都紧紧地珍藏着,这也是每一个学生心底最弥足珍贵的宝藏。

当我们回忆,当我们重逢,当我们珍藏,曾经的岁月变得那么的近在咫尺。这份珍藏显示了它的光芒和永恒价值。如果说生命有无法承受之轻,那么这份光芒就是生命无法承受的辉煌。

(李盛欢)

　　从此以后,育人学校的学生中偶尔发现谁要动肝火了,旁边立即就会有人朗诵《骂人》和《打人》的诗句,提醒他们要消消气、醒醒头脑。

两 首 小 诗

◆文/吕长春

　　育才学校的老师、同学和工友,大家都是相亲相爱,像一家人一样,因为陶行知校长总是要用"爱满天下"这四个字来教育大家的。但是,这些学生们毕竟都是还没有成熟的孩子,相聚在一起,也难免会发生一些小摩擦,碰到这样的事,是批评吗?是训斥吗?是责怪吗?请看陶行知的好办法吧!

　　有一天下午,两个小同学为了一件小事翻了脸,在走廊里吵了起来,吵得可凶啦!双方互不相让,指责对方的话越讲越难听,最后竟互相对骂起来了。说来也巧,刚巧被陶校长碰上了,他走过去,不动声色地注视着他们。两个学生在校长面前都感到有些窘了,但又不甘示弱,互相瞪了对方一眼,总算扭着脖子走开了。

　　第二天晨会上,陶校长说话了,昨天下午,看到两个同学发生了摩擦,越摩擦,火气越高,最后竟互相对骂起来了。现在,送一首小诗《骂人》给这两位同学,也给大家。接着校长就大声地朗诵了这首诗：

你骂我，我骂你。
骂来骂去，只是借人的嘴巴骂自己。

同学们明白了小诗的内涵，哈哈大笑，笑声刚落，随即有一个既聪明又大胆的同学高声说，我来和一首《打人》的小诗：

你打我，我打你。
打来打去，只是借人的手打自己。

同学们听罢都发出了赞赏的笑声，校长也连声称好。从此以后，育人学校的学生中偶尔发现谁要动肝火了，旁边立即就会有人朗诵《骂人》和《打人》的诗句，提醒他们要消消气、醒醒头脑。所以育才学校的同学们，天天生活、学习、劳动在一起，偶尔也会发生一些矛盾，但很少有骂人或打架的，这要比训斥、责怪的效果好得多，比讲大道理也奏效得多！陶行知的教育方法对我们终身受用。

感恩提示
gan en ti shi

60

陶行知是我国现代教育家，他认为大家在一起应该相亲相爱，像一家人一样，主张用"爱满天下"来教育学生。《两首小诗》就是陶行知在学校实行爱的教育的故事。

小学生在一起难免会磕磕绊绊产生矛盾，对学生之间的小摩擦，责备、训斥都只能起表面的作用，不能让学生心服口服。《骂人》和《打人》两首小诗时刻提醒学生骂人的人是粗野的人，打人的人更是蛮横的人，他们不仅粗野蛮横，而且十分愚蠢。因为他们骂了别人，别人也会骂他；他们打别人，别人也会打他。这种温和的教育方法比简单粗暴的责备、训斥要好得多，比讲大道理又来得实在。

陶行知的教育方法在当时的育才学校产生了很大的影响，对目前的学校教育也应该是很好的借鉴。

（李霖）

第三辑
我头顶那一盏灯

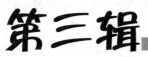

师恩是一座矮矮的阶梯
我慢慢地爬
您静静地看
眼睛里盈满期望的目光

青春的岁月里，原是少不了一些台阶的。为了青春期的少男少女，作为成人的我们，得用理解，得用宽容，得用真诚去砌就这些成长的台阶。

粉红色的信笺

◆文／丁立梅

那是高考前夕，学生们都低头在自修：颗颗脑袋都像籽粒饱满的向日葵，沉甸甸地低垂着，是丰收前的一种沉重。我在课桌间巡游着，不时解答一两个疑问。

在这期间，班上那位最靓丽的女孩儿，一直目不斜视地坐在座位上，快速地写着什么，她面前摊着课本，但我还是在那课本下轻易就发现了一张粉红色的信纸，纸上飘着点点梅花，雪花似的。她的字一个个落到那上面，也如同盛开了的小花，我站在她身后看了好一会儿，待确信她写的东西完全与学习无关时，我含笑地向她伸出手去：给我！——声音虽然低而温柔，但却有着一种不容商量的果决。

她霎时变得像只受惊的兔子，两眼四处转移着视线，手攥得紧紧的，像攥着一种谁见了都会出手相抢的宝物；一抹潮红，像水滴在宣纸上似的，迅捷地洇满了她青春的脸庞。

在愣怔、犹豫了一会儿后，她还是慢慢地把手上的东西递给了我。

教室里平静如常，没有学生注意到这边的一幕。我把那张纸小心地折叠好，在静默了两分钟后，又递给了她，我笑笑，说，青春的东西，收拾好。她很意外，狐疑地看着我。我俯过头去，耳语般地对她说，老师也曾青春过，这也曾是老师的秘密。然后直起身来，轻轻地拍了拍她的肩，对她微笑。她脸上的表情开始放松了，最后舒展成一个极灿烂的笑，像三月的桃花。我对她点点头，说，看书吧。她听话地翻开课本，一脸的释然。

半年后，我收到一封从一所名牌大学寄来的信，是她写的，信纸是我见过的那种，粉红色的，上面飘着点点梅花，雪花似的。她在信中写道：老师，感谢你用最美丽的方式，保留了我青春的完整。当时我以为我完了，我不敢想像那后果，我以为接下来该是全班同学的嘲笑，该是校长找去谈话，该是家长到学校来。真的那样之后，我还能抬得起头来吗？我还能心态正常地参加高考吗？最后她写道：老师，谢谢你,你给了我一个台阶!

青春的岁月里,原是少不了一些台阶的。为了青春期的少男少女,作为成人的我们,得用理解,得用宽容,得用真诚去砌就这些成长的台阶。

感恩提示
gan en ti shi

记得读初中时,班级里曾经发生过一件事。一位教政治的老师在课桌间巡视时,搜出了一个男生藏在手里的一张纸条。这位老师看了那纸条上的内容后,带着羞辱的口气当众朗读了纸条上的话,引得同学们一片讥笑。第二天,写纸条的那个男生没来上学,和他同时失踪的还有班级里的一个女生。两天后传来消息,这两个逃课的学生双双离家出走了。那个女生之所以走,是因为男生的纸条正是写给她的。我的那两位同学,在外面流浪几个月后,被人送回了家里。再见到他们时,我已经无法从他俩的脸上看到纯真和快乐。和我当年那两位同学比较起来,本文里这位青春萌动的学生无疑是非常幸福的,她不仅仅是得到了一份原谅和宽容,更大意义上,她得到的是一份尊重和理解。这份尊重和理解非常美丽,它让文中的女生看清自己的情感,也看清了自己的前途。也许正因为此,她才不负老师的那份美丽的情感,和美丽的方式,考上了一所名牌大学。

(安 勇)

尊严无价!一个优秀的老师应该懂得如何体面地维护一个少年的自尊,而不是粗暴地摧毁它。因为尊严是使我们充满信心,笑对生活的强大动力。

青涩岁月里的蝴蝶胸针

◆文/青衣江

那时候,我在英国一个名叫马斯福德的小镇上读书,只有13岁,是诗人们所说的那种青苹果般甜蜜却带着一丝淡淡涩味的年纪。我凶狠好斗、桀骜不驯,成绩自然是班上的倒数第一了。我之所以如此顽劣是有原因的:我的父亲是一位海员,在一次远航时遭遇风暴掉进了惊涛骇浪中,连尸首都没有捞到;我的母亲则抛下我和妹妹奥德丽到利物浦找她的情人去了。我和奥德丽与祖父相依为命，因为缺乏管教，我经常逃学旷课东游西荡；为了不受人欺负，我模仿电视中拳王阿里的样子，每天早晨在沙包上苦练拳头。我信奉一条不记得从哪本书上看来的真理：要想自己不害怕别人，就必须让别人害怕自己。

老师都拿我非常头疼，当然，他们也不会去关心一个失去父母的孩子需要怎样的温暖。我在老师的眼里是愚蠢的小丑，将来注定是没有出息的坏蛋。

那个学期，一位叫尤金妮娅的新老师到我们班来教音乐。她身材窈窕、漂亮迷人，我敢说我们班上的每一个男生都在暗恋她。当然也包括我。尤金妮娅常常坐在钢琴前弹唱苏格兰抒情民歌，我认为那是我曾经听过的世界上最美妙的音乐，就像天使唱的一般，比教堂里的赞美诗还要动人一百倍！尤金妮娅从不歧视差生，她不像有的老师那样上课提问总叫那些成绩好的学生，我就被她叫起来唱过一首《马儿在雪地里奔跑》。"简直棒极了，乔塞，你真的很有音乐天赋，说不定你长大后会成为又一个列农（一位著名的摇滚歌手）的！"尤金妮娅由衷地赞叹道。这时候，教室里传来一片叽叽喳喳的议论声，同学们似乎不满老师对我这个"大笨蛋"的表扬。尤金妮娅有些生气，说，"你们等着瞧吧，乔塞一定会在音乐上取得杰出成绩的！"

从此以后，每逢上音乐课，尤金妮娅总是叫我领唱。同学们由开始不服我到慢慢地习惯，我教他们唱会了《欢快的雪橇》、《游击队长》和《一个美丽的小公主》等一大批脍炙人口的歌曲，当然，事先尤金妮娅总是在办公室里叫我跟着她把这些歌唱上几遍。我的自信心渐渐地树立起来了，不管上什么课都很少捣蛋，同学们看我的眼神也不再充满鄙视。圣诞节那天，我竟然收到了5张贺卡，其中还有两张是女孩子送的！

我狂热地爱上了尤金妮娅，尽管她比我大了至少10岁，我仍幻想有朝一日把她娶回家来，像王子迎娶公主那样用一架漂亮的水晶马车。我还开始阅读拜伦和雪莱的情诗，并把它们工工整整地抄下来。我打算抄到100首时就把情诗寄给尤金妮娅。

13岁的孩子已经有了青春躁动，对性充满了神秘和好奇。有一次，我的异常举动被她发现了，她走过来问我："乔塞，你在看什么呢？"我的脸一下子涨得通红，我撒谎说我在看她胸前别着的那枚蝴蝶状胸针。"哦，那是我母亲送的，很漂亮，是吗？"她微笑着问。我忙不迭地点头。

夏天的最后一节音乐课，尤金妮娅要我们默写五线谱。10分钟后，尤金妮娅叫我走上前和她一起给学生记分。那天她穿着一件低领开口的衬衣，蝴蝶胸针就别在让我心惊肉跳的部位。起初我还能够认真地记分，但很快我就心不在焉起来，我是如此痴迷，以至于忘记了这是在课堂上，尤其要命的是讲台下还有几十双眼睛在看着我们，而且我的右手甚至不由自主地伸向她的胸部。教室里突然涌起了一阵骚动,有人开始阴阳怪气地吹口哨,但该死的我竟然没有听见!

尤金妮娅条件反射地握住了我已经触摸到她胸部的手,我看见她的眼里有一丝诧异也有一丝愤怒。刹那间,我醒悟了过来,触电似的抽出手,羞愧得无地自容。尤金妮娅很快就恢复了她的微笑,她摸了摸蝴蝶胸针,然后将拇指和食指捏在一起朝空中扬了扬,对大家笑着说:"蚂蚁怎么爬到我的胸针上来了,乔塞,谢谢你帮我捉掉了一只,你没发现还有一只吗?"教室里的骚动顿时平息了,同学们都以为是真的,他们根本看不清老师的手里其实什么也没有!

上完这一节音乐课后,我再也没有看见尤金妮娅,据说她到伦敦的一所贵族中学任教去了。尤金妮娅走的那天,许多学生都去送她,但是我因为心虚没有去。令我吃惊和欣喜的是,尤金妮娅托一位女孩儿转交给我一个包裹,里面是几本讲述青春期生理健康的书,还有一封信:——

亲爱的乔塞:

　　你是我教过的最聪明的学生之一! 当我知道你的不幸身世以后,我就下决心帮你重新树立起奋斗的信心,你没有让我失望,我很满意。那天,你有一个很傻的举动,不过这并不要紧,青春懵懂的时候谁都可能犯错误,我知道你并没有邪念。但是,你应该好好读一读我送给你的这几本书。尊严无价! 一个优秀的老师应该懂得如何体面地维护一个少年的自尊,而不是粗暴地摧毁它。因为尊严是使我们充满信心,笑对生活的强大动力。另外,我将那枚蝴蝶胸针送给你,希望你能喜欢。

　　　　　　　　　　　　　　　　　你永远的尤金妮娅!

我翻开包裹里的一本书,那枚美丽的蝴蝶胸针赫然在目!

很多年后,我终于没有辜负尤金妮娅的期望,成了一名作曲家,我创作的《青涩岁月里的蝴蝶胸针》连续数周在流行音乐榜上排名第一,许多少男少女听后都流泪了,因为它讲述的是一个真实的故事,那就是青春的尊严永远无价。

感恩提示
gan en ti shi

年少的"我"凶狠好斗、桀骜不驯,成绩是班上的倒数第一。"我"的不幸的家境遭遇无形中影响了"我"的成长,因为缺乏管教,"我"经常逃学旷课东游西荡,游手好闲。老师都对"我"非常头疼,在他们的眼中,"我"是一个"坏"学生。

但教音乐的尤金妮娅老师,不像其他老师那样上课时只提问那些成绩好的学生,她会提问"我",并且对"我"赞扬不已,她使"我"的自信心渐渐地树立起来了。从那以后我不管上什么课都很少捣蛋,同学们对"我"的态度也改变了,也不再充满鄙视。

后来,"我"暗恋上她。偶然中,这位老师知道了我心中的躁动,知道了我的"邪念",她没有揭穿,而是体面地维护"我"这个少年的自尊。从前"我"的人生真理是:"要想自己不害怕别人,就必须让别人害怕自己。"现在我知道了,想要得到别人的爱,首先就得学会爱。尤金妮娅老师用接近灵魂的音乐,用鼓舞的话语,用体贴的关怀和细致的宽容,让"我"这条人见人怕的毛毛虫,变成了一只传播爱和音乐的美丽蝴蝶。

(莫文英)

晓波果然不负重托,与从前判若两人,毛病改了不说,班级工作也十分卖力。不到一个学期,从前那个乱班和那个让老师头疼的差生就都没了踪影。

奇迹是这样发生的

◆文/林百春

A班是出了名的乱班,晓波是出了名的差生。提起他,老师们摇头,主任挠头,校长也作无可奈何状。

新来的第十一任班主任了解情况后,做出了一个出人意料的决定:让晓波当班长。决定一公布,教室顿时哗然——

"让他当班长,同学能服吗?"

"想收买他?他会买你的账?"

挖苦,讥讽,做壁上观,更多的是不解和担心。

"是涮我吧?"晓波来找班主任谈。

"你为什么不能当班长?没信心?"老师反问。

"我知道自己在老师心目中的印象——逃课、顶撞老师、往墙上踹泥脚印……"

"你是有不足。"班主任正色道,"但肯定有你的理由,说说看。"晓波以沉默对峙。

"对老师讲课有意见,听不明白,在课堂上枯坐,装一副认真的样子很难。"老师耐心地代他解释,"我也当过学生,也体味过枯坐的滋味,你的心情我能理解,但你要学会坚持,只有坚持才有希望。你说是吗?"晓波点了点头。

"'顶撞'这个词不好,但你的出发点是好的。指出老师的不足本是好事,但用顶撞这种方式,味道就变了。你要冷静,遇到不顺心的事先对自己的情绪来个'冷处理'。譬如,你把'顶撞'这个词改成'建议',把'火爆、恼怒'改成'和风细雨、平心静气',效果就会大不同。你说呢?"晓波面生愧色,点头称是。

"你往墙上踹泥脚印,那是期考后的事,成绩不理想影响了你的心情。你并非蓄意破坏公物,而是出于一时的冲动。你能宣泄自己的情绪,说明你还未麻木。"晓波的脸腾地红了,他有一种初遇知音的感觉。

"老师让你把鞋印擦掉,你说不,让它留着,你是想让自己记住考试失利的教训,从头再来,证明自己。是不是?"晓波顿时激动不已。

"让你当班长,我是经过慎重考虑的,我相信你一定能把这个担子扛起来,希望你能为转变班风、使差班向好班转化多出一点儿力……"老师的一席话像一把火烧到了晓波的心底。

晓波果然不负重托,与从前判若两人,毛病改了不说,班级工作也十分卖力。不到一个学期,从前那个乱班和那个让老师头疼的差生就都没了踪影。

感恩提示
gan en ti shi

　　班主任老师一项大胆的举措,创造出了一个惊人的奇迹。他成功地让晓波这个名副其实的差生改掉了身上的毛病,成了一个出色的学生,也成了一个合格的班长。而且在晓波的带动下,整个班级也发生了天翻地覆的变化,不到一个学期,就从全校师生眼中的差班,变成了令人刮目相看的好班。读这篇文章时,我一直在想,为什么同样一个学生,同样一个班级,前后竟然能出现截然不同的变化呢?通过班主任和晓波的谈话,我终于找到了答案。班主任老师和晓波对话时,并没有像习惯上一样,以老师的身份出现,站在差生的对立面。而是用自己当学生时的心态,推己及人地分析了晓波一系列行为背后隐藏着一些真正原因。简单地讲,班主任老师用的是两个字——理解。正是因为有了理解,老师走进了一个差生有些封闭的内心世界,像朋友一样给与他鼓励和肯定,对他提出意见和建议。也正是因为有了老师的理解和信任,才唤回了晓波的勇气和信心。理解的潜台词实际还是爱,一份老师对学生的,博大无私的爱。在这爱的感召下,奇迹就这样发生了! (安　勇)

那一刻，她的泪水流了下来，在人生最关键的时刻，那个最明白她的人，没有把她当贼一样揪出来，而是给了她鼓励，让她的人生从此与众不同。

人生的偶然

◆文/雪小禅

人生是有许多偶然的，所以，也就多了很多的机会。

初中的时候，她只是个很平常的女生，学习下等，和一些已经在社会上打工的女孩子混在一起玩，那时她上初二，不知道自己的明天在哪里。

一次期中考试前，她的好友悄悄把她拉过来说："告诉你个好消息，我有了这次考试的卷子了。"

原来，另一个学校已经考过，而有人告诉她，她们这次考试就是这张卷子。

那是张数学卷子，她几乎把它背了下来，如果按她的真实水平，她只能考30多分吧，但她那次考了一个全班第一，她的朋友只背过其中一部分，考了70多分。让她没想到的事还在后边，所有人都怀疑她作弊了，但就是作弊也不可能考98分啊，只有老师表扬了她并鼓励了她，说她进步很快，以后肯定还会考出好成绩。那一刻，她差点流了泪，她没想到老师相信她，况且同学们对她的羡慕让她体会到了一种从来没有过的喜悦和兴奋，原来，学习好了可以如此自豪！

从那以后，为了证明自己没有作弊，为了对得起老师那句话，她像发了疯一样开始学习，并从中体会到了学习的乐趣。不久，她的学习成绩果然跃居全班第一。一年后，她考上重点高中。三年以后，她考上了北大。

如果不是那次偶然偷来的试卷改变了她的命运，她本来也是和那些农村的女孩子一样，毕业以后去外地打工的。因为那个考了70多分的女生最终去了一个饭店端盘子，而几年之后，她去美国留学了。

是那次偶然改变了一切，她抓住了那个机会。而那个女孩子，却没有抓住，于是一切变得如此不同。十几年后她回母校作报告，说了自己的故事。当时已经白发苍苍的数学老师对她说了真相：孩子，当时我就知道你是作弊了，因为以你的能力不可能考98分。但我想，也许你从此能发愤，所以，我给了你鼓励和信任。

那一刻,她的泪水流了下来,在人生最关键的时刻,那个最明白她的人,没有把她当贼一样揪出来,而是给了她鼓励,让她的人生从此与众不同。

感恩提示
gan en ti shi

老师的宽容与信任,给了她从没有过的喜悦和兴奋,点燃了她的希望之灯,照亮了她的求学之路。

老师是不允许学生作弊的,作弊的学生会受到严厉的惩罚。而她,是那么幸运。当同学们都向她投来怀疑的目光时,老师却给了她表扬和鼓励,为什么老师明知她是作弊的还要表扬她?原来,善良的老师深明她那颗渴望向上的心。于是,就给了她机会。而她,没有辜负老师的期望,从此她成为一个最让老师为之骄傲的学生。

(陈艳芳)

那以后,我撒了谎,头顶那盏灯的亮光总会暗淡下去。我知道只有彭老师能看见我头顶的那盏灯。

我头顶那一盏灯

◆文 / 谢志强

彭老师说我头顶亮着一盏灯。

我那时走读军垦农场偏僻的三营耕读小学,有点儿全托性质。我家居住的连队离营部三里路,晚饭后,班主任彭老师送我还有另外两个同学回家。两地之间,有一片不大不小的坟地。每回穿过坟地,便生出恐惧,担心传说之中的死鬼出现。坟地荒芜而又阴森。彭老师教我们算术课程,作为奖赏,他每堂课总是讲个神话故事。那时,我的心灵世界里,都是那些变幻莫测却又可爱有趣的神话角色,以致那片戈壁沙漠中的绿洲也成了神话的世界。因此,彭老师说:你头顶亮着一盏灯。我并不奇怪,只是我自个看不见,我看看同班两个同学的脑袋并没有亮光。

这个说法传出去,连队、学校的人们都来瞧稀奇。彭老师威信很高,可是,人们看了我都失望,说彭老师老花了眼了。

彭老师并不反驳，只是自信地笑笑。他说有些东西，并不是每个人都能看见，但它存在着。

我疑疑惑惑，有时候，伙伴一起藏猫猫，我绝不钻草垛，生怕头上的灯引起了火灾。我相信彭老师的话。想像里，我头上确实亮着一圈光。我看不见。

彭老师格外严格了。我喜欢算术课，却更喜欢玩耍，玩耍起来一切都抛在九霄云外。正是贪玩的年龄呀。

那天，彭老师唤我去他那间办公室。我心里像揣了一窝小兔子一样乱乱地蹦跳。

彭老师摘下老花镜，拍拍桌面的作业簿，绷着个脸，说：你这两天咋了？

我的脸火热火热的烧，说：没咋？

彭老师生起气来，样子很凶，说：今天布置的作业你动脑筋了吗？

我低下头，流起了泪，照实说：我抄了同桌的作业，我生怕来不及交作业。

彭老师说：好吧，现在你做一遍。

我出了差错——我抄袭的时候也没动过脑筋，演算过程出了错，结果却对了。

彭老师说：一盏灯，灯光怎么会暗下去呢？

那以后，我撒了谎，头顶那盏灯的亮光总会暗淡下去。我知道只有彭老师能看见我头顶的那盏灯。连我自个也看不见。外界都说彭老师迷信。我想我头顶确实亮着一盏灯。我不再撒谎了。

小学毕业，我进场部中学读书，寄读。我仍坚持不撒谎，再考入沙井子中学读高中，后来，我考入阿克苏地区师范。大概是阴错阳差，录取的竟是文科。我再没见过彭老师。渐渐地，我开始说些个谎话，而且极力编得圆些，否则弄得很狼狈，撒谎的起点是说真话受过两回惩罚。

我的年龄一天天增长。我开始划开神话世界和现实世界。我想像我的头顶那盏灯的亮光逐渐地暗下去。我撒谎了，就有这种感觉。已经无颜碰见彭老师了，虽然我一旦撒谎脸就发烧。

现在，我头顶那盏灯已没了亮光，我想。不过，我常常怀念彭老师——一络腮胡，戴着副老花镜，很慈祥的模样儿，我却害怕哪天意外地邂逅他。

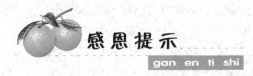

感恩提示
gan en ti shi

虽然"我"头顶上的那盏灯仅是彭老师为了将"我"引上人生的正途，编造下的一句善意的谎言。但在读这篇小说时，我却宁愿相信那盏灯真实地存在着。记得曾经看过一篇文章,文章里说,每个人出生时其实都是圣人,都具有神性,但在成长的过程中,神性渐渐地消散了,于是,大多数人都只能成为一个普通人。我想,神性之所以消散,也正像头顶那盏灯光的逐渐暗淡一样,是因为沾染了太多世俗的尘埃,蒙敝了神性的光辉。在年少时,"我"能真实地感受到头顶上那盏灯的存在,在它的照耀下,我没有丝毫撒谎的勇气。这盏灯实际上是"我"纯真的心灵,更是彭老师注视"我"成长的眼睛,时刻停留在"我"的头顶,监督"我"的行为,修正"我"的错误。因为有了它,我养成了许多良好的品质,也做到了学业有成。但随着人生阅历的丰富,随着越来越成熟,"我"开始不断违心地说些假话,头顶上的灯光也逐渐暗淡甚至熄灭了。在文章结尾,"我"对彭老师的怀念,其实正是对一种纯真的怀念和向往。祝福小说里的"我"能再次遇到彭老师! (安 勇)

她是在三年之后考上她理想中的大学的时候,才知道,那个盖了红色印章的通知,是班主任一个善意的欺骗。

在爱里慢慢成长

◆文/王 苹

那一年她15岁吧,读初三,小小的心里有极强的自尊,妖娆的青春,来得猝不及防。

她是个温顺又寡言的女孩子。每天除了学习,几乎不会像其他女孩子一样,爱跟新来的年轻班主任聊天,开玩笑,甚至请他去吃门口小店里的冰激凌。她看到他被花儿一样缤纷的女孩子簇拥着的时候,心里除了细微的开心和向往,竟没有丝毫的嫉妒。她知道父母弃了农村的家,跑到这个城市里来,边做没有什么保障的零工,边陪她读书,已属不易。还有姐姐,为了她的学费和父母的工作,勉强地和一个不喜欢的有权势的人定了亲,而且将婚期拖了又拖。除了最好的成绩,她知道自己再也没有什么能回报给他们。当然,她还要在放学后早早地回去,帮父母做做家务,亦让他们不必为她的晚归而过分地担心。

所以每每看见班里那一大群着了鲜艳的彩衣的女孩子,嘻嘻哈哈地从学校里蜂拥而出,去小吃街上买一袋瓜子,几根香肠,三两田螺,尔后边吃边消磨掉回家前的自由时间时,她也只是默默地看上片刻,转身便朝学校的后门走去。

她很喜欢学校有这样一个安静的后门，可以让她不被人注意地慢慢走回家去。出了朱红色的门，沿着沙子铺成的小路走上几十米，再绕过一个大水塘，七折八拐地途经十几户居民后，便到了她的家。家，也只是暂时租来的，是那种马上要被划入拆迁之列的瓦房。刚搬进来的时候，看到张开大嘴的墙缝，和出入自由的爬虫，她和妈妈都落了眼泪。是爸爸买了水泥和墙粉，一点点地给它穿上新衣，又在院子里用红砖铺了一条整齐的小道，下雨的时候，可以不必泥泞。这样一个破败的民居，才陡然有了生气。她吃过晚饭趴在书桌上学习的时候，看到对面干净的墙壁上，被橘黄色的灯光打上去的父母略弯的身影，便会觉得温暖和感激。可是这种温暖，她是不愿意拿出来与人分享的。只有无人打扰，它们才会在安静的角落里，慢慢地成长，且带给她淡紫色的温馨和优雅。

可是，这样的恬淡和自由，于她，是多么的不易。常常有钦佩她成绩好的同学，为了更方便地向她学习，执意让她带着去认认家门。还有一些默默暗恋她的男孩儿，甚至会趁她不注意，放了学偷偷跟在她的后面，想通过这种方式，得到她的地址。每学期的家长会，亦是不容易逃掉的劫难。因为高高在上的成绩，老师常常会让她把她父亲请来，给其他家长作如何教育子女的报告。这样的时候，她总是会撒谎。尽管她知道，其实父母多么希望能有这样一个机会，因为父母能在人前骄傲地直起被生活重担压弯的脊背。

然而这一次，她却觉得再也没办法逃掉。除非，除非她转学或是读几乎没有什么升学希望的慢班。她借读的这个学校，是可以直升本校的高中部的。中考的时候，会根据成绩分出快班和慢班。快班的学生，几乎无一例外地会在三年后考上全国一流的大学。所以能进快班，几乎是每一个学生的梦想。可是，每年的学费，亦是比慢班要贵出许多。

所以当领到申请报快慢班的表格时，她犹豫了许久，终于还是在慢班一栏里，轻轻画了一个对号。

那天放学后，年轻的班主任便把她叫到了办公室。班主任是个极温和的人，有着友善又亲切的微笑。他像兄长一样拍拍她的肩，示意她坐下，又冲了一杯热茶递到她的因为慌乱而无处搁置的手中，这才开口问她："这么好的成绩，为什么不报快班？是父母的意愿吗？用不用我去家访？"她低着头，看着杯口氤氲的热气，和一朵朵徐徐绽放开的茉莉花，竟是许久，才慌慌地摇头。杯子里的热茶，哗地一下子洒出来，烫红了她的手。积蓄了许久的泪，终于趁此，哗哗地流了满脸，班主任连声地向她说对不起。看天晚了，又执意要送她回家。她不知道怎样拒绝，只无声地走了几步，便使尽平生的力气道了声"再见"，返身向学校的后门跑去。

那一晚，她躺在床上翻来覆去地想了许久，终于还是在第二天吃早饭的时候，把要报快慢班的事,和着母亲做的蛋炒饭,一起咽到了肚子里。

几天后,班主任又将她叫到了办公室,给她看一份盖了学校红红印章的通知。上面说中考前三名的学生,学校会给予免掉所有学杂费的奖励。尔后班主任呵呵笑着说:"快班也是免,慢班也是免,你有这个把握为何不报快班,这样就不会吃亏了噢!"她第一次抬起微红的脸,笑望着自己的老师,重重地点了点头。

三个月拼命般的努力,终于换来了第一名的成绩。全校表彰大会上,要请她的父母代表家长讲话。这次她是飞快地跑回家将这个消息告诉父母的。又坚持着要用自己节省掉的学费给全家都做套新衣服。父亲听了没有像往常那样,因为这不必要的开支而犹豫不决,很爽快地就带全家去裁了新衣。开会的时候,她与班主任并肩坐在主席台上,看着话筒旁一身西装的父亲,由于激动而酡红的面颊,像是喝了几两好酒,幸福藏也藏不住。身旁的班主任,亦是一脸兜不住的骄傲和开怀。那一刻,她的心里,再也没有昔日因为自己的贫寒、而蓄积起的自卑和自怜。她真想告诉每一个人,自己的努力,竟是可以给这么多人带来切实的快乐和欣慰。

她是在三年之后考上她理想中的大学的时候,才知道,那个盖了红色印章的通知,是班主任一个善意的欺骗。三年的学费,亦是他,一次次地替她交上的。可是那时候的她,并没有因此而有过分的惆怅和自卑。因为她早已能够正视自己的贫穷,并且真正地意识到,有如此多的爱助她慢慢走过这段自尊与自卑无限滋长的岁月,其实是一种多么值得她用一生去感恩的美好和幸福啊。

那个女孩,就是年少时的我。

感恩提示
gan en ti shi

同学们鲜艳的彩衣和普通的零食,在她看来是遥不可及的;暂时租来的瓦房是她心中一块放不下的石头,无论是什么人提起要到她家,她就感到身上有一种无形的压力,而瓦房张开大嘴的裂逢就像她身上的一个伤口,每看一眼就好像往那伤口上撒了一把盐。

这样的环境使她有着极强的自尊,进而产生自卑感,而且还同时滋长。但是,父母弃家打工陪读,使她明白自己没有自卑的理由,老师的默默鼓励让她没有了自卑的借口。因而,她惟一能做的事情就是努力学习,希望以此来回报他们的恩情。爱的催化剂给了她拼不完的劲,并把她心中自卑的火焰慢慢地浇灭。

充满善意的欺骗,让她在人生的十字路口做出了正确的选择,老师的爱,竟然如此小心翼翼,能获得一份这样的爱,不是人的一种大幸福吗? (李晓彦)

无·法·忘·怀·的·90·个·师·恩·故·事·

> 我遇到了那双手, 她在我的脸上留下红色的手印; 那手印刻在我的记忆里, 像爱, 刻在我的生命里。

一 记 耳 光

◆文/关 羽

常常会想起我的老师来, 想她现在忙着什么呢?

上次电话里, 她居然没有问起我又写了什么没有, 只是问: 你现在身体好吗? 我回答说好着呢, 胖了, 很难看。她笑了, 听着她的笑声我忽然怀疑她自己是不是有了病, 所以才来问我, 但我没有问她, 我知道她不会告诉我。

我的老师一定是病了。

她苍老的声音断断续续, 似乎气力不够, 我不忍多说什么, 但似乎说的话都不能代表我想说的, 我想让她高兴, 但所有的话, 似乎都不够让她高兴——我没有让她高兴的事告诉她, 想想, 我就悄悄地给了自己一耳光, 那记耳光在我的脸上留下红色的印记, 仿佛青春的颜色。

老师能看到我现在的样子吗? 我喝了一点儿酒, 像个傻瓜似的坐在电脑前给她写字, 我想让她知道我打字不用看键盘了, 我可以一坐六个小时去写一篇文章了, 我变成了她想不到的老实学生, 我活得很充实也很安全, 因为我知道, 这曾是她简单的期望。

我曾是那样的不安分。

她不知道, 在靠墙的最后一排里, 有一个袖珍的大侠和他的英雄梦。大侠常常幻想自己怎样骑了马, 翻越围墙冲到田野里去, 而辽阔的田野上, 有马鸣风萧萧。

我常常觉得自己不属于课堂, 不属于学校, 而属于某个故事。而冲入这个故事的, 常常是一只小小的粉笔, 它准确地击中我的脑袋, 此后便是她的声音: 站起来。我便站到了现实里, 又成了那个矮矮的少年。后来因为一件事, 那个矮矮的少年在她的面前站了一个下午, 也没有让她听到一声对不起。她很伤心, 现在提起来, 还是会伤心。

那时候随着工厂的搬迁, 常常会有新学生来报到。

你知道吧, 蚂蚁的王国里, 也有各种的角色和分工, 那个微观的社会里, 有各式各样的梦想;那小小学校里,也是这样的呢,总有些人,以为在这里时间长了,便可以做蚁王,新来的学生,便成了他的征服目标。

不断地有人来,不断地传来谁谁又挨打了,谁谁又请客了,这些事里总少不了一个人的名字,他是个粗壮的男生,练过体操和散打,这还不算啥,据说他在校外有很多黑道上的朋友。他常常像收税的一样,在各个宿舍游荡,有时候,也到我们屋里去,屋里的人都被他借过钱,我也给过他,不过我告诉他,要还的,他笑笑,还。

我说过让他还的。

所以,收到了那张纸条我无比兴奋。那是一个新来的同学写的,他说:刘,你出头,翻他好吗?我压抑着兴奋回他的话,我不认识他,也不认识你,为什么要翻他?那个同学说:都说你够意思,我看你也不过如此。我回答:要我出头,得听我的。

那你说怎么办?

现在就动手。

学校走廊上忽然炸了锅,大家都朝一个方向跑去,在一个柱子边,大家看到一个粗壮的家伙被三个人围攻,我从后面突然袭击扳了他的脖子,趁他无法还手,前面的两个一阵猛打,他倒了,再也无法爬起来,蜷成了一团。那一团东西从台阶上滚了下来,头便流了血,算他便宜,很快学校就来人了。有人拉我,我回手就是一拳,那是我的老师,她没有动,我想说什么,脸上便狠狠地挨了一耳光。

你敢打我?你敢打我?

这个世上,只有我的妈妈可以打我。

我的眼前冒了星星,和我儿时在夜空中看到的一样。我听到她严厉的呵斥:滚到办公室去!

我站到她的面前说:该怎么办,就怎么办吧,别废话。

为什么打人?

不喜欢他。

不喜欢一个人就可以打,那人家不喜欢你,也可以打你吗?

所以你刚才打我,我认了。

你必须承认错误。

你就等吧。

她什么都没有等到,她说了很多话,说人要讲道理,人要理智,人要这样要那样,我什么都没有听进去。她的话像某种噪音,在我的耳边响来响去,我摸摸自己的头,看看是不是少了什么零件,一摸全是汗,我怎么出汗了,紧张了吗?我也看到了她额头的汗,还有她面颊上的眼泪,她没有办法了,终于说:你去吧。

一直等着学校处分的通知,我想,我那样折磨了那个老师一下午,她不会放过我吧,终于没有等到,学校好像忘了这件事。有一天下午我听见了办公室里激烈的争吵,我听见了老师的声音,说再给他一个机会吧,他不是不可救药,后来见教务主任面红耳赤地从里面出来,一边走一边自语:护,护,护,这样的学生不开除,以后还有没有校规?

我忽然跑进办公室,对她鞠了一躬,她说:去吧,好好上课。我抬起头来,看到了老师的眼睛,她哭了,我也看到了她的手,那只手摸过我的额头,也打过我耳光,我多么想去拉那双手。

是那双手拉着我,走到阳光下。

我是一只离群的蚂蚁,只看到了自己,看不到天有多大。我没有因为走得太远,而被命运的手碾死,是因为,我遇到了那双手,她在我的脸上留下红色的手印;那手印刻在我的记忆里,像爱,刻在我的生命里。

很多年后,我问我的老师,为什么护我,她说:为你的表情,常常在上课时看你的表情,你静静地想事时,我看得出来,你其实是个好孩子。

这是什么理由啊……

很多年过去了,我的脸上增添了很多内容,少了的,只有表情;无论我脸上增长了什么,都掩盖不住那红色的手印,只有我自己能看到,在岁月里,它愈加清晰。我常常在做某件事的时候想起那一记耳光,想,不知道老师喜欢不喜欢我这样做。

我想做个好人,因为,她喜欢。

感恩提示
gan en ti shi

小说围绕着"老师打了我一记耳光"而展开,这一记耳光在"我"的脸上留下红色的印记;那印记刻在"我"的记忆里,和老师的爱一起刻在"我"的生命里。是那双手牵引我,走到阳光下。老师是"我"生活的引路人,使"我"从生命的低谷中走出来,重见久别的阳光。是老师赋予了"我"重生的机会。对老师,"我"内心充满了无尽的感激。所以,"我"也从中学会了以感激的心情面对生活。

老师"那一记耳光"让"我"懂得:做人,要做个好人。更让"我"学会感恩,一记耳光,给"我"生活带来光明和希望。

(黄桂花)

在教学过程中,我时刻以梅纳德先生和史蒂文森先生为榜样,像他们当年激励我的生命一样来激励我的学生的生命。

生命的激励

◆文/[美]塞西尔·惠特克 译/淡雅霜菊

那年9月,我成了一名中学一年级新生。那时,我对当地的中学生乐队充满了向往,一心想要成为其中的一员。但是,当我向爸爸提出想买件乐器的时候,他几乎是不假思索地一口回绝了我。也难怪,毕竟那时正是经济大萧条的年月,我们生活都困难,哪有多余的钱给我买乐器呢?再说,音乐在爸爸耳里,只不过是令人厌烦的噪音而已!

很幸运的是,不久以后,我代别人成了一个投递员,并因此攒下了12美元。而更让我惊喜的是,在新学年即将来临的时候,我发现了一只旧的银质短号,并且只花了10美元就买到手了。

不过,这支短号实在是有些年头了,不仅太旧而且还有些漏气,每当我吹起的时候,它发出的声音就像是濒死的人发出的"呼噜呼噜"的喉音似的,难听极了。尽管如此,我还是被允许加入了学校的初级乐队,跟着辅导老师洛伦·梅纳德先生学习音乐。虽然,我的那支短号破旧不堪,就好像一只敝屣。扔了也许都不会有人去捡,而且吹出的声音仿佛是喘息似的,但是,这一切并不能降低我对音乐的热情与痴迷!

后来,它吹出来的声音渐渐地有些音乐的感觉了,再也不像以前那么难听了。哦,也许,它正是我的希望所在呢!于是,我开始梦想着有朝一日我也许能够用它吹出真正优美动听的音乐。

然而有一天,有人告诉我校长请我到他的办公室去。我顿时大吃一惊:这究竟是怎么回事?校长为什么要让我到他的办公室去?难道我做错什么事了吗?

我忐忑不安地走下楼,拖着沉重的脚步走过长长的走廊,向校长办公室走去。当我走到那儿的时候,那儿已经有一排长长的队伍等在那里了——他们都是等着接受警告或者惩罚的学生。我在队伍最后的一张椅子上坐下来,忧心忡忡地等待着。

也不知道过了多久，终于轮到我了。霍利斯·史蒂文森先生请我进他的办公室。我紧张极了，心里充满了恐惧，但是，当我坐下之后，霍利斯·史蒂文森先生说的话却大大出乎我的意料，以至于我简直都不敢相信自己的耳朵了。

"塞西尔·梅纳德先生告诉我说你在音乐方面很有才能，尤其是在短号的吹奏方面，他说你很有希望能够成为一名出色的短号演奏者。"

哦，上帝啊。这是对我说的吗？要知道，我可从来没有听到过这么和蔼、这么友善、这么美好的话语啊！时至今日，我仍旧清楚地记得，当时，我激动地站起身来向他致以我最崇高的敬意，并连连向他表示我最诚挚的谢意。然而，他接下来所说的话语更让我惊讶不已。

"不过，我听说唯一阻碍你在音乐方面获得进展的是因为没有一支像样的短号供你吹奏，是这样吗，塞西尔？"

哇！这个他都知道！于是，我就把我家里的境况告诉了他，并将我那支破旧不堪的短号向他详细描述了一番。

"梅纳德先生也是这么对我说的。"他答道。

哦，原来梅纳德先生把我的情况都告诉他了。那么接下来他会和我谈些什么呢？我心里充满了疑问。

"你是不是真的想成为一名音乐家——真的想在这方面有所建树？"史蒂文森先生目光炯炯地注视着我问道。

"是的，先生，"我坚定地答道，"对我来说，世界上再也没有什么事情能比这更重要的了！"

这时，史蒂文森先生注视着我，神情非常严肃地说道："塞西尔，你听我说，我想给你提一个建议。我这儿有一个商业性的计划，你看是否可行。如果我以我的名义为你与银行签署一份信贷协议，让你买一支新的小号，你能以按月归还的方式来还清这笔贷款吗？"

"行，行，先生！"听了史蒂文森先生的话，我简直惊讶极了，连忙答道。我几乎不敢相信这一切。难道我还有比这更好的办法吗？

从那以后，我又找了一份打工的工作，此外，我还帮助别人打扫庭院，终于，一年之后，我还清了那100美元的债务。同时，因为有了这支新的小号，我的吹奏水平很快提高，并一步一步地成了乐队、交响乐团以及铜管乐六重奏的首席乐手。

中学毕业后，亚利桑那大学图森分校接纳了我，在那儿，我开始攻读音乐硕士学位，取得了音乐硕士学位以后，我先后在加利福尼亚州南部的里弗赛德美公立学校的乐队和交响乐团任教。此外，我还为当地的交响乐团演奏，并且也在剧场的乐池里为歌剧和音乐剧配乐。

当然,我今天的成就都应归功于这两位老师,是他们改变了我的命运:梅纳德先生的慧眼发现我有音乐方面的才能,从而为我打开了通往另一个世界的大门;而史蒂文森先生,竟然把他的信任无私地交给我这个一心梦想成为一名小号演奏者的毛头小伙子,从而使我取得了今天的成就。

我永远也不会忘记他们两位为我所做的一切。因此,在教学过程中,我时刻以梅纳德先生和史蒂文森先生为榜样,像他们当年激励我的生命一样来激励我的学生的生命。

感恩提示
gan en ti shi

窘迫的生活,劣质的短号阻挡不住"我"对音乐的执著追求,"我"仍然梦想有朝一日能够用这短号吹出美妙的音乐。梅纳德先生被"我"对音乐的痴迷所打动,同时,也看到"我"在此方面的才华,他把"我"的情况告诉了校长史蒂文森先生。而史蒂文森先生则以他的名义为"我"与银行签署一份贷款协议,让"我"买一支新的小号。

"因为有了这支新的小号,我的吹奏水平很快提高"。这并不仅仅因为这乐器的质量好,还有两位老师的支持、鼓励。

一个老师会改变学生的命运。能拥有这样一位老师"我"是如此幸运。人间有爱,艰难困苦时,我们都曾或多或少受过别人的恩惠。所以,他人有难时,我们也应伸出温暖的手。

(陈艳芳)

无·法·忘·怀·的·90·个·师·恩·故·事·

79

埃拉开始喜欢上写字,成绩也突飞猛进。四年级时做拼写测验,每次埃拉考得A,金德莉小姐总会在她的测验卷上贴上一颗金色星星。

了不起的左撇子

◆文 /梁碧滢

埃拉曾经是个自卑感很重的孩子,别人都嘲笑她是个左撇子,她整天就是为这原因而自卑不已。读三年级的时候,情况更严重,埃拉的老师曼尼斯小姐看不懂她写的字,给她的分数极低。

那是 1952 年，埃拉住在德克萨斯州韦科市以东 25 英里的一个农村。那儿只有一所为黑人小孩儿开办的学校，一到八年级都有，砖盖的校舍很小，两个年级得挤在一个课室里。

埃拉上三年级时，教她的曼尼斯老师为人狠毒刻薄，这位老师总是在小小的教室里挺胸踱步，面目可憎，左肩上挂着一条 12 英寸 (约 30 厘米) 长的皮鞭。

只要哪个学生不能按她的要求读写，她就会龇牙咧嘴，在那些小小的破木桌旁盯着他们，鞭打他们的肩膀或者小手，直到个个号啕大哭。

曼尼斯老师教三年级学生写草写体的时候，埃拉的日子可不好受，因为她给逼着改用右手写字。老师还干脆一直站在她旁边盯着。确保她是用右手而不是左手来写字。可怜的小埃拉胆战心惊地在那儿写着，担心一换左手会遭老师的鞭打。

一天，曼尼斯老师给这些三年级的学生来了次地理小测。曼尼斯老师评分后，埃拉拿回自己的卷子，上面批着一个硕大的红色 F (不及格)，埃拉糟糕的字体上是老师画的红色大叉。

埃拉从自己的课桌走出来，把卷子扔到曼尼斯老师桌子旁边的垃圾桶里。

天啊，埃拉何必这么做呢！

曼尼斯老师随即把她喊去，厉声命令她伸出纤弱的小手。

埃拉自觉地伸出她瘦小的左手，曼尼斯老师用皮鞭狠狠地打下去，本来瘦得皮包骨的小手立即肿了起来，埃拉也在全班人面前号泣起来。

所有的孩子都在笑，这让埃拉哭得更厉害了。

埃拉回到自己座位上，曼尼斯老师还威吓说，要是她敢继续哭就再打她一顿。

当天晚上，埃拉回到家并没告诉爸爸在学校发生的这件可怕的事情。

两年前，埃拉的妈妈不幸去世，留下的六个孩子得靠爸爸独力抚养。埃拉的爸爸不会像她妈妈那样辅导孩子的功课，只是指望他们在学校里好好学习，听老师的话。

他是那类对老师的话深信不疑的家长。因此，跟他说曼尼斯老师的不是根本就没用。

学年结束的时候，埃拉很高兴，因为这意味着曼尼斯老师不再是她的老师了。她最大的功劳就是让埃拉升到了四年级。

四年级的时候，埃拉换了个新老师，金德莉小姐，她年轻多了，22 岁左右，身材高挑，棕色皮肤，仪容整洁。她给四年级的学生布置书写练习。有一天，她让埃拉课后留在教室里。

埃拉的身躯在那破旧的衣裳下不住地发抖，她以为金德莉小姐会因为她糟糕的字体而责备她,要是她表现出任何反抗的举动就会给打个死去活来,像曼尼斯老师对她那样。

金德莉小姐拉出一张椅子让埃拉在靠她桌子的一角坐下,并叫她用右手写几个字。接着,她让埃拉再用左手写几个字。埃拉写完后抬头望着老师,老师脸上洋溢着温暖的笑容,可怜的小埃拉这才松了口气。

金德莉小姐给埃拉留了份书写作业带回家做,还写了一张便条装在信封里给埃拉的爸爸。埃拉将便条交给爸爸,他一脸严肃地站着看。埃拉坐下来开始做她的作业,她爸爸坐在安乐椅上,看着女儿用左手来写作业。他哄着女儿,称赞她写得好。埃拉变得很自豪,现在,她可以自由随心地用左手来写字了。

埃拉开始喜欢上写字,成绩也突飞猛进。四年级时做拼写测验,每次埃拉考得A,金德莉小姐总会在她的测验卷上贴上一颗金色星星。

埃拉升到六年级的时候,她爸爸搬到大城市,而她就搬去跟祖父母一起住。她奶奶会认字写字,爸爸是朝鲜战争的退伍老兵,要以轮椅代步,读书只读到四年级,只会看不会写。每当他要写信就会让埃拉帮忙。这令埃拉自我感觉非常好。

埃拉的爷爷奶奶会很认真地让她帮忙替一些不识字的老邻居写信。虽然不识字,但他们知道怎么让埃拉感到自豪。

高中的时候,英语老师有时会让学生在黑板上写一些简短的礼貌性信件。埃拉的同学很惊讶地看见她用左手流畅快速地在黑板上写着。有时他们还会笑她:"哇,看那左撇子,现在不得了了!"

埃拉心跟着他们在笑。她的自信已经深深扎根在心里。

 感恩提示
gan en ti shi

"金德莉小姐拉出一张椅子让埃拉靠他桌子的一角坐下,并叫她用右手写几个字,埃拉写完抬头望着老师,老师脸上洋溢着温暖的笑容,可怜的小埃拉这才松了口气……"一幕幕感动的情景展现在你我的面前,金德莉小姐帮助小埃拉找到了自信,找到了通往未来的钥匙。

对一个让自己重生的人,埃拉也一定会把她牢牢记在心里。　　　　(梁日伟)

无·法·忘·怀·的·90·个·师·恩·故·事·

我蹲下来，把张辰搂在怀里，拍拍他的后背，他矮矮的个子，只比我高一点点，但我知道，他会健康地成长，长得比我更高……

意外的收获

◆文／一　翎

　　当我走进教室的时候，教数学的孙老师怒气冲冲地对我说："那个张辰，上课竟然把前面两个女生的辫子结在一起，还在上面别了一枝笔！批评他还不承认错误！真不知道哪有这么少教的孩子！"

　　我顿时也有了火冒三丈的感觉，这个张辰，从进了我们班开始，就没有让我省心过，迟到、旷课、作业不做、上课做小动作、搞恶作剧、课间打架……几乎每天都有任课老师或学生向我告状，实在让我头痛不已。

　　同学们陆续回家了。张辰坐在座位上，隔着晃动的人影和我对峙，一脸的倔强和漫不经心。我耐心地等着同学们走光，这段时间里，我想了很多种教训他的方法。现在开展素质教育提倡说服教育，不能体罚，但把老师们的嘴皮都磨薄了，他还是好话坏话油盐不进，看他那泰然自若的神态就明白，像他这种"久经沙场"的"高手"根本就"刀枪不入"！

　　等到只剩下我俩的时候，我把他叫到了教室外，他低着头随我一起站在暮色里。他的个子很矮，刚到我胸前第二个纽扣，小平头正对着我，背着手，站得直直的。这已经是给我面子了，听说有一次，别的老师刚要训他，他胳膊一甩，竟抬腿走了。我看着他的平头，心里盘算着怎样开始我们的"交战"。

　　想起他的种种劣迹，我酝酿着情绪，想给他来一场雷霆之怒的爆发。我理直气壮地想，像他这样的学生再不让他知道厉害，随心所欲发展下去，怎么可能成材呢？这样想着，我觉得自己作为人类灵魂的工程师，要是再不采取点儿实际行动，就是玩忽职守了。

　　我干硬地咳了咳嗓子，为河东狮吼做充分准备。就在这时，有个学生气喘吁吁地跑来告诉我说，我班有个学生的自行车钥匙不见了，让我帮忙把车锁撬开。于是，我赶紧跑去为他们排忧解难去了。

　　那个车锁很难撬,费了我九牛二虎之力,等到大功告成时已是暮色四合。我长长嘘了口气,嘱咐那个学生路上小心,然后自己也想骑车回家。就在开车锁的时刻,我忽然想起张辰来,不过我想他大概早就跑没影了。虽然这样想,我还是走向教室,向那边望了望。

　　出乎我意料的是,在暗暗的暮色里,那个小小的影子还站在那儿。我的心动了动,怒气随之烟消云散了。我想,教育也不是万能的,点石成金总有失败的可能,算了,让他走吧。就在我想草草打发他走掉的时候,我看到他在冷风里打了个寒战,那一刻,我心里突然升起了一股温情。

　　我摸着他的头,俯下身子和气地说:"张辰,谢谢你还在这儿等我,天黑了,我送你回家吧,好吗?"他猛然抬起头来,眼睛很亮地闪了一下,随即又黯淡下来,支支吾吾地说:"不……不用,我妈妈没有下班。"我明白了,他是怕我家访,他的父母会打他。我笑着说:"我只是想送你回家而已。"他没有说话,跟在我身后,坐上了我的自行车。

　　路灯已经亮了,远远看过去,像星星列阵,很美。我慢慢地骑车,怕夜风冻着他,他的衣服穿得很少。感觉他的手,轻轻地拉着我的衣服,我说:"抓紧点,好好坐着。"他回了一声。按照他的指点,我送他到家不远的地方停下,"谢谢老师!"他一边大声说着,一边飞快地跑了。

　　很快我有了新发现:张辰再没出现在没做作业的名单中;任课老师表扬张辰上课听讲很认真;课间做广播体操,张辰把胳膊和腿都伸展得很到位……我想,再调皮的学生也有反常的时候,恐怕时间长不了。但在课堂上,我还是及时表扬了他,又看到了他的小平头正对着我,下面有一张红红的脸。从此张辰像换了个人一样,期中考试的成绩竟然前进了十多名。

　　开家长会那天,我见到了张辰的爷爷,这才知道张辰父母离婚了,妈妈不要他,爸爸在外地工作,他只好和爷爷过……"老师,谢谢你,那天晚上你把张辰送回家,孩子告诉我说,第一次有老师专门送他回家……""这孩子命苦,妈早早就不要他了,他说从没有老师像你对他这么好……"

　　我背过身,忍住欲夺眶而出的泪,不为自己意外的收获,而是为自己曾经的冷漠惭愧……当我维护师道尊严的时候,没有设身处地地为学生想一想,只会责备学生辜负自己的一片"苦心"……心,是需要真诚的沟通和爱的,如果那天我只是声色俱厉地责骂他,那么,我会犯下多么不可原谅的错误啊!

　　我蹲下来,把张辰搂在怀里,拍拍他的后背,他矮矮的个子,只比我高一点点,但我知道,他会健康地成长,长得比我更高……

感恩提示
gan en ti shi

张辰是一个淘气的学生,迟到、旷课、作业不做,上课做小动作,搞恶作剧,课间打架,这让老师头痛不已。但是张辰倔强却又乖顺地等老师回来训斥,他那单薄的影子使老师油然而升起一股爱怜,在老师温情的感化下,张辰学习用功并且进步很快……

很多人都把孩子比作花朵,因为除了花朵能在秋天结出累累硕果之外,还在于其娇嫩和脆弱。也有人把教师比作园丁,因为花儿的绽放需要园丁的辛勤栽培,精心呵护。每朵花儿都有其可爱可怜之处,每个学生身上都闪现着生命的光泽和人性的光华,只是我们缺少发现,缺少挖掘。

每个学生对老师都怀着莫名的敬和爱,教师的言行举止、思想人格都会在潜移默化中影响学生。在孩子敏感的小心灵里,他会永远记得老师对他的每一个微笑和每一句鼓励,更会记住老师的每一声斥责和每一副怒容……

教育的目的是用一个高尚的灵魂去催生另一个高尚的灵魂。微笑如歌,赞美似蜜,给学生多一点儿宽容,多一点儿关爱和温暖,把爱的阳光撒入孩子的心田,就能催生出真善美,激发他们的勇气和信心,甚至,惠及孩子的一生。就像呵护每一朵花蕾一样,把爱的阳光洒向阳光够不着的地方,用温暖的甘露滋润每一片花瓣,让每一朵花都开她愿意开的花……相信,我们的教育花园一定会满园春色。　　　　(黄田英)

尽管一直无法知道天使是谁,他心里对她依旧充满无限感激,如果没有那些赞誉的信,也许他现在什么都不是……

藏在信里的天使

◆文/汪 洋

每个人身后都有一个守护天使,尽管并不是每个天使都有翅膀。

坐在操场边的石阶上,10年级的里尔一脸落寞。操场上,和他年龄相仿的同学正进行着各项体育活动,里尔很想加入他们,然而他不敢。由于从小多病,里尔在全班个子最矮,身体最弱,每次班上进行体能测评,他都无一例外排在最后,甚至连女生也赶不上。班上最调皮的加特,常毫无顾忌地大喊里尔"小矮人"。

每每听到"小矮人"的外号,里尔心里都怒火中烧,他真想冲上去,狠揍可恶的加特一顿。然而,加特比他足足高一个脑袋,身体非常强壮,他如果真要去揍加特,无疑是自取其辱。伤心时,里尔总渴望有位可爱的天使突然出现在他眼前,用溢满快乐的眼睛看着他说:"里尔,你是个勇敢的男孩,我陪你玩吧!"其实,里尔很喜欢体育活动,特别对足球情有独钟,尽管无人找他踢球,他依旧悄悄练习着。

这时,加特冲到了他面前,斜着眼睛看着他说:"小矮人,怎么又在发呆啊?"里尔知道,如果回答加特,迎来的将是更恶劣的嘲讽,他只能一动不动地坐着,眼泪在眼眶里打转。加特转身跑开后,里尔的眼泪再也忍不住流了出来,他强烈地渴望能有天使来到他身边。奇迹出现了,他耳边响起了悦耳的问话声:"亲爱的里尔,你怎么一个人在这里啊?"

来不及擦干眼泪,里尔迅速地回过头,出现在他面前的并非长翅膀的天使,而是上个月新来的语言教师玛丽。里尔心里满是失望,他摇着头说:"没什么,刚才一粒沙子进了眼睛。"说完,里尔就赶紧跑开了,他不想让任何人知道自己的自卑,因此拼命保护着内心残存的小小自尊。

望着里尔远去的单薄身体,玛丽陷入了深思。通过连日的观察,他已经对里尔的遭遇有所了解。刚才她远远看到加特出现在里尔面前,就知道发生了什么,所以才急急赶过来。虽然她知道实情,但却没有点破,她思考着怎样才能帮助里尔走出眼前的落寞和孤独。

几天后,玛丽老师在全班布置了一堂作文,要求孩子们写出内心的渴望。作文交上来后,玛丽老师最先把里尔的作文拿了出来。里尔的渴望似乎匪夷所思,他一心期盼有位可爱的天使出现在他的生活中,和他一起玩耍,这样他就不会孤单一个人了,也不会没有人欣赏了……

随后,玛丽老师找到在当地晚报工作的编辑朋友,请求把里尔的作文发表在晚报上,并强调说这很重要,是在拯救一个孩子的未来。看到自己的文章发表在报纸上,里尔非常高兴。更让他高兴的是,在文章发表后几天,他竟然收到了一封来信。信封是手工做的,右下角画有一轮明媚的太阳和鲜艳的小花,在花朵和太阳之间是一个张开翅膀的小天使,小天使面带微笑……

里尔被这幅画深深地迷住了。他轻轻打开了信封;信纸散发着太阳花的清香。里尔微眯着眼睛,慢慢地读着信纸上优美的语言:

里尔,你是个很有气质的男孩儿,不像其他男孩那样自以为是。你的身上有很多人都比不上的优秀之处,比如你的学习成绩好、作文写得好……不要问我是谁,我是一个很久以来一直默默关注你的女孩儿。我很害羞,你身上散发出来的优秀气质令我不敢靠近你,但我愿意在今后的日子里一直给你写信,向你抒发我内心对你的赞扬钦佩之情……

这封突如其来的信,升腾起了里尔内心巨大的热望。他一直期待天使能降临人间,因为只有无所不知的天使才能明白他的心。令他没想到的是,天使居然真的出现了,而这个天使就藏在信里。

随后的日子里,每隔几天,里尔都会收到一封来信。在这些信里,总是写满了对里尔的赞美,甚至还有几分崇拜。慢慢地,里尔从自卑的世界里蓦然醒来:我原来是这样优秀啊!想到这儿,脸上一贯阴郁的他开始展现出微笑,并且主动接近班上的同学。如此一来,里尔发现,其实班上除了加特等几个自以为是的家伙外,大多数同学都很友善,并没有排斥他。这时,里尔才发现,原来不是同学们在拒绝他,而是他自己一直在拒绝别人。

在和同学的密切接触中,里尔内心也越来越阳光,越来越自信。以前从不敢在体育场上露面的他,大胆地走到了球场中心。以前偷偷练习的出色球技,让里尔在操场上赢得了一片赞誉。在和同学玩乐的过程中,里尔细心地寻找着藏在信里的天使,然而天使似乎无所不在,却又总不见踪迹。

就在里尔越发自信时,天使来信却突然消失了。尽管里尔有些遗憾,却不再落寞。以后的岁月里,里尔自信地成长着,多年后,他成了远近闻名的专栏作家。可那"藏在信里的天使",里尔一直没能找到,天使成了他心中一个美丽的谜。里尔还问过以前曾是他同学的妻子,她是不是天使的制造者,妻子茫然的神色让里尔知道天使另有其人。

尽管一直无法知道天使是谁,他心里对她依旧充满无限感激,如果没有那些赞誉的信,也许他现在什么都不是……

对过去感慨不已的里尔,想起那些激励自己的信,忍不住在专栏里写下了一篇《藏在信里的天使》。里尔发表的文章,刚好被玛丽老师看到了。回想起多年前,自己给一个叫里尔的男孩写崇拜信的经历,玛丽老师开心不已。

感恩提示
gan en ti shi

从小体弱多病,而且在全班个子最矮,里尔的内心肯定是孤独的。那些调皮的同学给他戴上"小矮人"的帽子,还经常对他冷嘲热讽。他们的言行,深深地刺痛着他的心。因此,他自卑、自我封闭。玛丽老师真是细心又善良,他可以看懂里尔内心的落寞与孤独,并且想方设法帮助他。

里尔是幸运的。他美梦成真,遇到了梦中的天使,天使的来信让他走出了自卑的阴影,越来越阳光。在这过程中,他也发现了其实大多数同学都很友善,他以前孤独的原因更多在于自己拒绝别人。

玛丽老师变身为天使,藏在信里,打开了一个孩子封闭的心灵,创造了一个爱的奇迹。我们相信,里尔在今后的岁月里,不仅会把天使放在心里,更会把这爱的天使送给每一个需要的人。

现实生活中,我们也常常把自己的孤单迁怒别人,《藏在信里的天使》告诉我们,要想拥有友谊,首先要向别人打开心扉。 （彦　子）

　　当我用力把他掏出的100元钱又塞入他的兜里时,老师带头鼓起掌来,紧接着是全班同学的掌声。

我跟老师有个约定

◆文/佚　名

　　杨柳偷我钱时,老师正要到寝室找我,隔着窗户,看见杨柳的样子,瞬间老师愣住了。直到杨柳把偷来的100元钱塞进口袋,老师才犹豫了一下,敲门。

　　"郑筱在吗？"

　　"呦,老师？"杨柳脸有些红,或许是做贼心虚,"没、没在。"杨柳有点儿支吾,"他在水房洗衣服。"

　　正当老师转身要走进,杨柳这一刻已恢复了镇定:"老师,你坐,我去叫他。"

　　在办公室里,老师直截了当地对我说:"郑筱,杨柳偷了你100元钱！"

　　我一愣,条件反射般:"他知道你看见了吗？"

　　老师摇了摇头,从兜里掏出100元钱,递给我:"我知道这是你这个月的生活费,没了这100元钱,你就无法正常学习。"

　　"那杨柳呢？"

　　老师探询地问:"你说呢？"

　　我了解杨柳,他上进、刻苦,是老师眼中的好孩子,但一年前他的母亲下岗了,全家的生活全靠开出租车的爸爸维持。然而半年前,爸爸因疲劳驾驶,出了车祸,再也不能为他们母子遮风挡雨了,从此,这个家陷入了绝地,全靠亲戚的周济、朋友的帮助度日,若不是全班的献爱心活动,或许杨柳早就辍学了。想到这儿,我说:"老师,我想跟你有个约定。"老师笑着说:"说吧!""这100元钱,算你借给我的;关于杨柳,虽然他有不得已而为之的理由,但我们也不能这样听之任之,我们应该……"我压低了声音,如此这般地跟老师说了。

听完我的话,老师脸上露出了会心的笑容:"就这么办!"

我和老师谁也没再提及此事,只是在班会上,老师让同学们展开了100元钱能给我们带来什么的讨论。当老师把目光投射到杨柳身上时,杨柳全身不觉一颤,怯怯地说:"100元钱,能支持我到中考;100元钱,或许能圆我一个梦想!"瞬间,杨柳泪流满面,我走了过去,轻轻地扶住他颤抖的双肩,说:"100元钱,或许对于我们只是一个月的生活费,但对于杨柳同学意味着什么,今天让我听起来有些沉重,但我们决不能被100元钱左右,我们要活出自我,活出坚强。"

杨柳不自觉地从内衣兜里掏出100元钱,瞬间我明白了杨柳的意思,一只手紧紧地抓住了他的手:"杨柳同学,你说对吗?"当我用力把他掏出的100元钱又塞入他的兜里时,老师带头鼓起掌来,紧接着是全班同学的掌声。

不久,我们通过了紧张的中考。杨柳如愿以偿成了一名中师学生。报到之前,杨柳到我家玩了一天,几次,他欲言又止,都被我用话岔开,我不想让他的心灵有任何负担。我们的一点儿宽容,能让他走出一生的灿烂。这就是我和老师的约定。

 ## 感恩提示

gan en ti shi

如果你是一名老师,当你亲眼目睹你的学生在偷钱时会怎么做?如果你是一名生活并不宽裕的学生,当你知道你的室友偷了你的钱时又会怎么做?这两个问题恐怕很难回答。可是"我"和"我"的老师却交上了一份最优秀的答卷——用最宽容的心胸和最智慧的方法,保护了一个学生的尊严不受伤害,让他一生都没有心灵负担。

文章运用了细致的描写手法,讲述了一段动人的往事,使我们虽然不能身处其境,可是眼前却都是鲜活的人物:老师有着成熟高超的教育技巧;"我"是一个善良真诚而又宽容明理的人;杨柳则是一个知错能改的懂事的学生。"我"和老师的约定挽救了杨柳,使他在爱心与宽容中重新找到了自我,这应该算是教育的最高境界吧。杨柳也会因此感恩一生。

宽容是一种美德。拥有宽广胸襟的人定会有海阔天高一样的人生。　　　　(李　爽)

自从班主任让我上网后，我觉得他比我的父母更了解我，更信任我。每周，他都交代我只能查资料，我也总是专心致志地去完成。

上网能手罗良安

◆文 / 毕立旱

"儿子，今天上网了吗?"这是我每次打电话回家时，爸爸妈妈与我说的第一句话。

因为我爱上网，爸爸和老师曾结盟与我作过无穷多的斗争。但是，现在他们都成了我上网的支持者，不是因为我上了大学，而是因为我在这方面给他们争了光。

从我上小学起，爸爸就喜欢拉着我见老师。一次家长会前，爸爸拉着我问老师："我儿子罗良安怎么样?"老师想了想，委婉地说："聪明，但是学习欠专心。"然而，爸爸因感情亲疏的问题影响了对事物的判断，"但是"以后的关键词他没记住，偏偏被"聪明"二字给蒙蔽了。

上了初中后，爸爸还是经常拉着我问老师："我儿子罗良安怎么样?"老师说："脑筋灵活，但是学习不专心，喜欢上网。"同样，爸爸只听懂了"脑筋灵活"四个字，尽管我中考考得一塌糊涂他还是花了一大笔钱，托关系让我挤进了远近闻名的一所省级重点高中。

高中报名的那一天，爸爸拉着我找到班主任。他握着第一次谋面的班主任的手，说："老师，我的儿子罗良安，小学和初中的老师都夸他聪明，头脑灵活，但是学习不专心，喜欢上网。我只有这一个儿子，实在是'但是'不起。求您不要让他'但是'了。"老师听了这些话，哭笑不得。

开学没几天，班主任老师找我了。他走到我的座位边，用手拍了拍我的肩头说："罗良安，你到我的办公室来一下。"

"老师的'尾巴'终于露出来了。"我想，"本人进老师的办公室已是家常便饭，不怕……"我跟在老师屁股后，心里盘算着"狐狸"怎么斗猎手。

进了办公室，班主任一脸的慈祥，他搬了把椅子让我坐在他前面，亲切地问我家里几口人，经济状况如何?又问我平常爱吃什么菜，一顿消费几元钱?还问我最崇拜的人是谁,最喜欢的名言是什么?我莫名其妙了——老师没有训斥我,那他把我请进办公室干什么?我不由自主地望了老师一眼,他和善的面孔没有一丝虚情假意。谈话结束时,班主任对我说:"9月10日学校举行开学典礼,暨教师节庆祝大会,你今天上网给我下载三五十组对联。"我有点儿不相信自己的耳朵,"让我上网?"班主任点点头:"选相关的对联下载,我们俩为大会准备一副对联。"

完成下载对联的任务后,班主任开始让我每周上一次网。但是每次都有具体的任务。什么查一查巴甫洛夫从狗的涎水中获得了什么发现?屈原到底姓屈还是姓熊?人造卫星运行轨迹的计算公式是怎么推导的?蒸汽机是怎么造出来的?人类第一架飞机第一次飞了多远……每次资料查好后,班主任总是把这些资料打印出来发给同学们,并郑重其事地说:"这是罗良安同学本周上网的内容,我们又多了一份资料,多了几条信息。上网其实可以获得知识。"

自从班主任让我上网后,我觉得他比我的父母更了解我,更信任我。每周,他都交代我只能查资料,我也总是专心致志地去完成,告别了"传奇"、聊天之类的东西。料想不到的是,一年级期末考试我考了班里的第二十名。在班主任的推荐之下,学校让我在全校的总结大会上介绍"后进赶先进"的经验。

高二时,班主任对我说:"罗良安你上网下载资料的任务已经结束,接下来的任务是利用电脑参加信息技术的奥赛培训。"此后,我对自己的要求更严了,平时坚持学好课本知识,完成学习任务,然后利用业余时间去"玩"电脑。三年级上学期,我参加了全国信息技术奥赛并拿到了全国一等奖。

获奖的信息传到学校后,学校召开了庆祝大会,并号召全校学生"向罗良安同学学习"。我胸戴大红花的照片也进了学校的宣传窗,成了学弟们的偶像。

高考,我以出人意料的高分考上了梦寐以求的高等学府。我给家里打电话时,爸妈告诉我:"现在左邻右舍的家长教育子女总是拿你做榜样,说:'上网,就要像罗良安,要上得有意义,上出个名堂,要上成一个名牌大学生。'"从爸爸妈妈的话中,我听出了他们的骄傲与自豪。

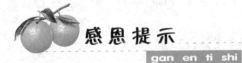

感恩提示
gan en ti shi

一块石头,你若把它背在背上,它就是一种沉重的负担;你若把它垫在脚下,它就会成为你进步的台阶。《上网能手罗良安》这篇文章就体现了这个道理。"上网"是罗良安背上的一块石头,也是他父母及老师心上的一块石头,罗良安背着它匍匐了小学、初中这段漫长的路,结果罗良安靠高价进入重点高中。然而高中班主任了解了他"脑筋灵活,但是学习不专心,喜欢上网"。他出乎所有人意料,居然主动让罗良安上网。罗良安觉得老师了解他、信任他,于是他上网只查资料,并专心致志地完成。老师的做法促动他对自己要求更严,于是在"玩"电脑和学习上取得双优。这是老师把"上网"作为他的垫脚石,推动他向前进。　　　　(苏剑连)

　　我永远都会牢记杰恩教授的谆谆教导:认识自己的潜力,发掘自己的潜力,并且要时刻鞭策自己,无论何时,你都必须要求自己成为最优秀的和第一流的!

杰恩教授的教导

◆文/[美]瓦达·奥尼尔

91

　　18岁那年,我带着仅有的50美元独自踏上了漫漫求学路。

　　那时我家太穷了,父母没有能力供我读大学,所以到伯克利大学之后的第一个星期,我就找了一份女服务生的工作,边打工边读书。

　　我所选的课程中有一门是世界文学。教这门课的老师是西尔斯·杰恩教授,我非常喜欢他的课,简直到了入迷的程度。为此我还专门成立了一个学习小组,并担任组长。很快,我们就迎来了第一次考试。考试结束后,我感觉非常好,确信自己一定能考到一个好成绩。然而,当我拿到试卷时,一下子惊呆了,只见在试卷的上方,杰恩教授用红笔赫然写着"77"分!上帝呀,我的成绩在班上竟然只能算是 C+!这怎么可能呢?这还不算,老天爷似乎是故意捉弄我似的,我的学习小组的朋友们都考得了一个"B"等!

　　我心里难受极了。我不相信这个成绩。于是,我来到了杰恩教授的办公室。见到杰恩教授,我顿时显得有些激动,带着不满的情绪,把我的想法和意见全都倾吐了出来。可是,杰恩教授却一直面色平静地倾听着,最后笑眯眯地问我:"你真的全力以赴了吗?"

　　我无言以对。是的,我一直认为学习就是一件轻松的事情,因此把自己的精力用在了找工作或者擦地板之类的事情上,却不曾用它来提高自己的成绩。

　　从那以后,我的学习更加认真了。但是,我的动力换来的却又是一个"77"分。我的成绩在班上又一次排在了"C+"等,而我的朋友们的成绩不是"B"等就是"A"

等。

我又一次来到杰恩教授的办公室,无礼地质疑他的评分标准。而杰恩教授仍旧平心静气地听着我的抱怨,就是不愿意对我的答卷进行重新评判——那个又红又大的"C+"仍旧留在试卷上的显著位置,深深刺痛我的眼睛。我不得不去面对梦寐以求的奖学金正离我远去这一事实。

期末考试之前,我们还要再进行一次考试,对我来说,这又是一次挽回成绩的机会。为了考好第三次测验,我第一次领悟了"一丝不苟"这个词的含义。

尽管如此,我的努力却并没有起到好的效果。像以前一样,我又一次考了个"C+"。于是我第三次走进了杰恩教授的办公室。当我离开他的办公室的时候,我的试卷上仍旧是"77"分——这可是我第三次考得"77"分了。很明显,这个数字对我来说不是一个幸运数字——作为学习小组的组长,却远远地落在了那些我曾帮助过的、对我满怀感激的同学后面,我感到羞耻。

对我来说,最后的难关就是期末考试。无论期末考试我考得什么等级,也不能改变我曾经考过三次"C+"的事实。而且,我可能也要彻底同奖学金吻别了。

第二天,当我走进考场的时候,我决定这次期末考试给他开一个玩笑。我别出心裁地把所有作家的观点写成了一个辩论报告。我的思路像行云流水一般顺畅通达,语句一句接一句地在纸上汩汩流出……

一个星期之后,我从讲台上那一摞考卷中找到了我的试卷。在那蓝色的封面上,杰恩教授用红笔写着的却是一个大大的"A"!

哦,上帝啊,这怎么可能?!我立刻向杰恩教授的办公室跑去。他看起来好像正等着我。我义愤填膺,连珠炮似的质问道:"为什么以前我努力学习的时候,每次只能考得'C+',而现在我只是信手拈来,却考得了'A'?"

"因为我非常了解你的个性,如果我从前给了你"A",你就不会像以前一样继续努力学习了。"

听了他的话,我一下子哑口无言了。对于平时总爱叽叽喳喳、喋喋不休的我来说,这可是平生第一次不知道该说些什么。的确,他的分析和策略是非常正确的,正如他所说的那样,我是个容易自满的人。

而当学期结束,杰恩教授为我综合打分的时候,我又一次说不出话来。这一次,杰恩教授给我这门课程的平均分数是"A+",而且是全班学生中唯一的一个!

我如愿以偿地获得了奖学金。

如今,那些曾经被洗盘子、擦地板等单调辛苦的工作所埋没的创造性火花,又开始在我的生命中焕发出耀眼的光芒了。我永远都会牢记杰恩教授的谆谆教导:

认识自己的潜力,发掘自己的潜力,并且要时刻鞭策自己,无论何时,你都必须要求自己成为最优秀的和第一流的!

感恩提示
gan en ti shi

毛毛虫被困于茧中,摆脱茧丝的束缚,从而拥有了飞翔于天空的美丽翅膀;种子被压在泥下面时,摆脱泥土的重压,从而拥有了破土而出的坚韧。潜力真的不可低估。但潜力的激发有时需要压制。

一个老师,为了挖掘学生的潜力,不惜采取先抑后扬的策略,而且还要承受自己最得意学生的责怪,怀疑。他已经超越了一位老师所应该做的。如果我们细想一下,历史上的一些名师也是如此。达·芬奇的启蒙老师开始时让他每天画鸡蛋,压制他超凡的想像才华。潜力就像一根粗弹簧,如果不进行打压,永远不会发挥出它应有的力量。

学无止境,人的潜力也无止境。若有人因为觉得自己的学问已经够大了,那只是"儿得矣!儿得矣?"的笑话,骄傲自满是激发潜力的最大桎梏。打压是对付自满最有力的武器。例如本文,在打压式的教学下,"我"彻底改变了:"感觉非常好"——"更加认真"——"一丝不苟"——"信手拈来"。

(卢圣华)

孩子们乌黑的眼眸里流露出激动的神情,看来他们很赞同我的建议。现在,他们围着我,觉得我是完全值得信赖的。

献给尤兰达的玫瑰花

◆文/何永贵

那是几年前的事了。那时,我到曼尼托巴的一个小村庄,给一个生病的教师代课,从而完成他留下的教学任务。

于是,那年春天,我到了那个非常贫穷的小村庄——只有几间简陋的木屋,别无他物。9点了,教室里热得像一个火炉。我根本不知道该从哪儿或怎样入手。我翻开点名册,开始点名。凡点到名时,他们都起立并回答:"到,小姐!"这些孩子面目清秀,对人彬彬有礼。但他们和我之间总是保持着难以逾越的隔膜,这使我感到不安。

我喊到"尤兰达"这个名字时,没有人答应,我再喊一遍,仍然没有回答。我抬起头,看着那些对我来说似乎冷漠如冰的面孔。

后来,一个声音从教室后面传来:"她死了,小姐。她昨晚就死了。"

这孩子的声调镇静、平淡,也许再没有什么能比用这种声调来叙述更令人感到痛苦不堪了。我失声叫道,再不知该怎么说了。

孩子们和我对视良久,彼此默默无言。我现在才明白,我从孩子们眼里所看到的,我错认为是冷漠的那种表情,原来是一种巨大的痛苦。"既然尤兰达是你们的同学……你们可愿意……放学后4点钟……去看看她?"孩子们严肃的小脸蛋上流露出一丝微笑,尽管是那么拘谨,那样悲戚。然而,终究是微笑了。

就这样,我们一起来到一间孤立的小木屋前。小木屋的屋门敞开着,所以我们还在远处,就可以看见尤兰达被孤零零地安放在一块粗糙的水板上,木板搭在两条椅子中间。毫无疑问,她的父母已为他们的女儿做了力所能及的事,他们把一张洁净的床单盖在她身上。

孩子们都看着我,我知道,他们现在正希望从我这里得知一些情况,虽然我并不比他们知道得多。这时,我想出了一个好主意。"你们不认为尤兰达希望有人陪着她,直到被安葬到地下吗?"孩子们的脸色使我意识到我的主意不错。"那么,我们就四个或者五个一组守在她身边,每隔两小时替换,直到葬礼那天。我们必须小心守护,别让苍蝇飞到她的脸上。"

孩子们乌黑的眼眸里流露出激动的神情,看来他们很赞同我的建议。现在,他们围着我,觉得我是完全值得信赖的。他们的信赖则使我感到非常惊喜。

不远处,云杉林里的一片空地上,我看到有一团鲜红的色彩,但不知是何物,也不知道是从哪儿来,太阳斜照在它上面,像一团燃烧的火焰。在这天的这一瞬间,它有着某种魅力。

"她是个什么样的女孩?"我问。起初,孩子们没弄懂我的意思。后来,他们开始热烈地谈论她,我成功地敲开了他们内心深处的、恐怕还没有人触及过的窗扉。他们告诉我在她短短一生中的许多感人的事迹。尤兰达此时成了我们关注的焦点,同时也是我和这些孩子之间最紧密的纽带。

"让我们去摘些玫瑰花献给尤兰达吧!"我说。我才看到那些鲜红的色彩是野玫瑰。7月,曼尼托巴贫瘠的土地上,到处都有大片大片盛开的野玫瑰,这使我感到一点慰藉。这时,孩子们脸上都露出真挚的微笑。而不是我建议他们来看尤兰达时那种淡淡的微笑。

一会儿，我们便开始采摘。我听到他们已互相搭腔。他们争先恐后，要比比看谁采的玫瑰花最多，最鲜艳。时时有人拉拉我的衣袖，说："小姐你看，我采到这朵多好看！"我们回到屋里，轻轻地把玫瑰花撕开，然后把花瓣撒到尤兰达的身上。不久，只剩下她的脸在粉红色的花堆中露着。然后——看来尤兰达不再那么孤独凄凉了。

孩子们站成一圈，围着他们的伙伴，相信她这时可能再没有痛苦和悲哀了。"也许她现在已升到天国里了。""现在她一定很幸福。"

我知道，现在每个人都很幸福，包括尤兰达。

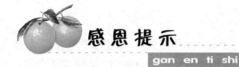

感恩提示
gan en ti shi

读完这篇小故事，感觉有一股暖流沁入心田，很温馨。

故事讲的是曼尼托巴的一个小村庄的代课老师和班上的学生一起怀念死去的尤兰达的过程。

故事一开始，"我"点名，而尤兰达没有回答。一个镇静平淡的声音告诉"我"："她死了，小姐。她昨晚就死了。"然后，全班淹没在一片痛苦的海洋里，大家默默无语。于是"我"提出在尤兰达安葬之前，全班分组轮流陪伴着她，表达大家对她的深深的爱。尤其是"我们必须小心守护，别让苍蝇飞到她的脸上"这句话，让人感到极大的震撼。有时爱的表达不需要豪言壮语，一个小小的举动早已代表了一切。重要的是尤兰达不仅仅成了大家关注的焦点，同时也是"我"和这些孩子之间最紧密的纽带。"我"和孩子们还在曼尼托巴贫瘠的土地上摘了许多玫瑰，花是美好的，把花瓣撒在尤兰达的身上，让尤兰达包围在花的海洋里。

师生的感情在此刻已经超越了生死的界限，大家把爱静静地传递。每个人都很幸福，包括尤兰达。读完这故事的朋友，心灵也会经历一次洗礼，愿每个人心永存爱，爱身边值得去珍惜的人。

(陈 颖)

遇上这样的"坏老师",好学生会更好;"坏小子"也会变成"好小子"的。"坏老师"是我们心中的好老师!

坏小子VS坏老师

◆文/佚 名

坏小子:我们学校坐落在一片向阳的山坡上,夏天的太阳暖暖地照在山坡上时,我们便约好了逃课去晒太阳。逃课的理由通常是说自己病了,或说家人病了。之后便三五成群带些好吃的在山坡上逍遥。若干次请假后,老师似乎识别了我们的阴谋,对我们这些坏小子坏坏地说,你们家咋那么多病人啊?我们便一个个嘿嘿嘿地笑……

坏老师:一次夜查住读生寝室,刚上到四楼,便有一男生在过道里大呼:"老师好!"这突如其来的问好声,估计是望风的学生在发信号。

紧跑几步,在某间寝室发现四个学生似乎是围成一圈刚刚散开的样子。我判断应该是刚玩过扑克牌的。

我不露声色,一边和学生谈话,很随意地在一个床铺坐了下来。谈话围绕关心他们的身体健康,有意无意地拍拍他们身体,重点在裤袋和衣袋边沿。这是火力侦察,希望凭手感判断衣服里是否有问题。

结果什么也没有发现。我继续关心他们的床铺垫絮的厚薄,果然在垫絮下藏着一些扑克牌。

这些坏小子没有一个承认自己玩了扑克,但我断定,他们肯定玩了。

看着他们得意的神情,我暗下决心,今天我一定要好好教育一下这些坏小子。

于是,将他们带到值班室,每人一支笔一张纸,要求他们保持沉默,将刚才寝室发生的实际情况写出来。同时告诉他们:"一、我最希望每个人讲实话,如果诚实,可以是很轻的处罚甚至不处罚;如果不诚实,一旦查出来,必然重处!二、四个人写出来的内容是可以相互印证的,只要不一致,就表明有人撒谎了。撒谎的人必须重写,每个人只有两次机会。"

然后将四个人分置于值班室四个角落。

这些坏小子顿时傻了眼,一个个面面相觑。

坏小子:大杰克和小杰克是孪生兄弟,都是14岁,正在学校读书。他们家离学校比较远,家长给他们配了一辆轻型汽车作为交通工具,让他们开车上学,回家。这兄弟俩由于晚上贪玩,好睡懒觉,经常迟到,虽经多次批评,还是我行我素。有一天上午考试,尽管老师事先警告他们不许迟到,但他们因在路上玩耍,还是迟到了30分钟。老师查问原因,他们谎称汽车在路上爆胎,到维修店补胎误了时间。老师半信半疑,但没有发作,让他们进教室后就悄悄到车库检查他们的汽车,发现四个轮胎都蒙着厚厚的灰尘,没有被拆卸的痕迹。很明显,补胎是他们编出来的谎话。

坏老师:很明显,大杰克和小杰克在说谎。

于是,老师不露声色地提出三个问题,让兄弟俩分别在两个地方同时作答,三个问题是:1.你们的汽车爆的是哪个胎? 2.你们在哪个维修店补胎? 3.你们付了多少补胎费?

 **感恩提示**

gan en ti shi

假如文中的"坏老师"是我的老师,我一定会十分喜爱和尊敬他的。为什么呢?虽然表面上,这位老师对学生的要求十分严格,我们的小动作难逃他的法眼,可是,这位老师是公正的,是疼爱学生的,是全心全意为学生成长而努力的,这种老师值得我们尊敬。

作为学生,我们难免犯错,但文中的"坏老师"的方式,既给了学生反省过错、改正缺点的机会,更培养了学生有错就认、有过就改的人生态度。

遇上这样的"坏老师",好学生会更好;"坏小子"也会变成"好小子"的。"坏老师"是我们心中的好老师!

(吴 茵)

不要忘记卑微

◆ 文 / 曾庆宁

　　北方的一月格外冷,那天下着雪,刮着凛冽的北风。我教的班级来了一名新学生,他叫罗强。

　　第一眼看到罗强我大吃一惊,天气那么冷,他却上身穿了一件紧身短背心,下身穿一条破旧的牛仔裤,而且还有一只鞋的鞋带丢了,走起路来就拖着。他一进教室,所有学生都瞪大了眼睛,并发出一阵低声的喧哗。我刻意没有阻止,看了一眼罗强,他面无表情。

　　罗强不仅外表怪异,他的学习成绩和行为也令人堪忧:已经11岁了,连拼音都不会写。有时还会对着墙角傻呆呆地站上一个小时,他是怎么升到四年级的呢?像他这样的智商应该去特教学校才对。

　　我带着诧异的心情去找教务处的孙老师,孙老师一听到罗强这个名字,就叹了一口气:"唉,这孩子挺可怜的。他生下来就被遗弃。本来收养他的那对夫妻很不错,谁知他的养父在他3岁时出车祸死了,他的养母也一下子疯了,就带着他到处奔波,靠好心人周济度日,罗强只有跟着到处转学。不过据别人说他小时候特别聪明……"听到这里,我的心情异常沉重,道了声谢就离开了。我明白了,这是个命运多舛的孩子,但这一切都不是他的错。于是我下决心要帮助他。

　　孩子永远是排外的,虽然我尽量不让其他同学在课堂上捉弄罗强,但下课后,他经常沦为大家嘲笑和侮辱的对象。有一天,我走进教室,发现罗强端正地坐着,高高地捧着一本书,这个反常的举动使我不由得走到他身旁。我发现他的衣服被撕破,鼻子也在流血。原来他下课时被班上的一群孩子追打。上课后他努力装作什么事情也没有发生,他还拿出了一本书,好像是在读,其实只是为了挡住他的脸,血水混着泪水,一滴一滴流下来。

　　我立刻愤怒了,我把罗强带到诊所,简单包扎了一下。在我想要送他回家的时候,罗强突然流着泪问我:"老师,为什么哪里都有人欺负我?"我顿时被这句话噎住了,我该怎么回答他?想了一下,我坚定地说:"他们是错的,老师会帮你改变这一切！"

　　我把罗强又带回教室，把那几个惹事的家伙叫到讲台上狠狠地批评了一顿。我近乎咆哮地说："因为罗强和别人不一样就歧视他，你们应该为这种行为感到羞耻。正是因为罗强需要改变，我们才更应该善意地对待他，欺负弱者不是男子汉的行为……"直到这几个男孩儿流下了悔恨的泪水，向罗强深深地鞠躬道歉，我才怒气平息，结束了我的训话。

　　那次以后，我逐渐改变了对罗强的看法。我终于看出了，在他冷漠的背后，是一颗极度渴望得到别人关心与爱护的心！

　　中午休息时我特意去商店给他买了一身套装，因为其他同学总是嘲笑罗强衣衫褴褛。他接过衣服时特别高兴，当他摸到那崭新的商标时，他的手有些颤抖，哽咽着说："老师，我从来没有想到自己有一天会穿上一件专门为我买的新衣服！"这句话令我的心微微一颤，从这以后，我经常为他补课，从一年级课程开始。我发现罗强真的很聪明，不到半年的时间，他已经把以前落下的课程都学完了。

　　我对他的额外关心给罗强带来了很大的变化，连我自己都感到有些吃惊。他的目光里不再是冷漠和迷惘，多了一些友善，还有尊严的光芒。他终于走出了自己那个狭小的世界，并且和班里的许多人成为好朋友。

　　这以后的日子变得轻松而愉快。直到有一天，罗强告诉我，他两天之内又要和母亲搬到新的地方去住。

　　我的心突然间感到一丝隐隐的疼痛，也许从前我不会在意这个消息，可现在他已经成为了我们整体的一部分。许多同学知道后也舍不得罗强走，但是谁也没有办法。我和同学们商量好，准备第二天为罗强开一个送行会。

　　第二天，也是罗强最后一次来这个班级上课。他背了一个非常大的背包。在欢送会上，他打开了背包，里面装满了学生用的教科书。他眼含热泪说："老师，同学们，我从小到现在读过十几所学校，在这里我得到的最多，我也懂得了以后如何做人。我没有什么可以报答你们，就把这些书都送给班级吧。我有很多的书，都是以前的老师们送给我的。我把它们留在这里，希望你们看见这些书会想起我，虽然我很卑微，希望你们不要忘记我……"

感恩提示
gan en ti shi

　　贫寒使生命卑微，卑微使脚步坚强。罗强的身上具有一种挥之不去的平民情愫，那是来自贫寒的一缕涩香，那是来自苦难的一种劲道，那是灵魂深处的一种热爱。在他冷漠的背后，是一颗极度渴望得到别人关心与爱护的心！老师与同学对他的关爱，给他"带来了很大的变化"。他的眼里有了"友善，还有尊严的光芒"。在罗强因搬家而要离开同学们前，罗强把自己的书都送给了给了他爱的老师和同学们。

命运的卑微不能决定所有。水滴石穿，蚁穴溃堤。世上堪称伟大的东西，往往不是体积，而是精神；不是轰轰隆隆的打造，而是默默无闻一步一个脚印的编织。就像一粒小种子，有时也能穿越坚硬的石头，就像一只蜣螂，有时也能以它顽强的钢铁意志扫平整个平原的粪便。

(邓小英)

第四辑
给老师的礼物

师恩是一支不朽的歌
时时刻刻回荡在我的耳边
它用那激昂奋进的曲调
激励着我勇往直前……

谢谢你改变了我的人生

◆文 /[美]兰迪·劳埃德·密尔斯   译 / 秋暮寒

当我作为一名实习教师战战兢兢地第一次走进六年级教室的时候,我的心里充满了惊惧和惶恐。就是在那天,我第一次见到了弗兰基。其实,在那之前,我已经在一家幼儿园的日托中心帮了两年忙,并且我也已经决定要到师范学校去学习,希望将来能成为一名幼儿园的老师。既然如此,那么,在这间六年级的教室里,我能做些什么呢?

弗兰基是那种很容易引起人们注意的小孩儿,特别是在这间教室里,要想不注意到他都很难。你瞧,他坐在教室的后面,斜靠在椅背上,双脚抬起,跷在课桌上。他的衣服上到处溅满了星星点点的干泥巴,要知道,在加拿大这个天寒地冻的温尼伯湖镇上,把衣服弄成这样,没有"高超的"技巧是很难做到的。因为,在这个地方,我们可能有好几个月连泥土的影子都见不到,映入眼帘的只有那四英尺厚的皑皑的冰雪。不仅如此,他的头发乱蓬蓬的、油腻腻的,仿佛是一堆乱草,可能有好长时间都没有梳洗过了,而且,他对我怒目而视,好像在向我示威!"哼,想管我,就让你尝尝我的厉害!"

这个班级原来的老师那时候正全神贯注地忙着写他的硕士论文,因此,每到星期一,他就私下里与学生们达成协议,打发他们去图书馆或者是别的什么没有干扰的地方做"个人研究"。幸运的是,这个老师总算还有一点儿良心,还没有完全忘记自己的责任,因此,他决定让我来带数学最差的一个小组。这个小组里的学生都是男孩子,都非常好动,我认为要让他们学好数学,就应该像我要去学习滑翔一样激起他们学习数学的兴趣才行。当然,这个小组肯定少不了弗兰基。最后,这位老师对我说,对弗兰基惟一的要求就是他每天来露一下面就行了,只要他来了,就给他满分,即使他只是跷起双脚坐在那里。

为了能够吸引这九个调皮捣蛋的男孩儿对数学课的注意,我几乎绞尽了脑汁。最后,我终于获得了灵感,决定以分数这个单元为基础,运用食谱来教他们。我们做了各种各样的食品,从巧克力薄饼到家常面包。刚开始的时候,弗兰基站在小组的最后面,他那漫不经心的样子,显示出他对此毫无兴趣。但是,当我答应这些男孩子,只要他们中有人能够学好这个单元的课程,我就带他们去麦当劳吃午餐的时候,弗兰基说我做不到。我再次向他保证说,我不但能做到,而且一定会做到。

从那以后,弗兰基变了,变得越来越喜欢数学了,每天,他都沉醉其中。当我和这些男孩子之间的这段冒险经历的第二个星期开始的时候,奇迹出现了。当弗兰基出现在我面前的时候,我简直不敢相信我的眼睛了:只见他浑身上下洗得干干净净,头发梳理得整整齐齐,衣服也穿得干净得体,他再也不是那个邋里邋遢、吊儿郎当的弗兰基了。到第三个星期结束的时候,这个小组的所有九个男孩子——当然包括弗兰基,都圆满地学完了整个单元的课程。这时候,我意识到我应该兑现向他们许下的带他们到麦当劳吃午餐的诺言了,因为在这段时间里,他们确实都很努力!

但是,当我得知学校的管理部门不允许实习老师带学生们离开学校的时候,我受到了很大的打击。弗兰基说得对——我做不到。但是,更让人想像不到的是,犹如一声晴天霹雳,一个更大的打击在我的脑海里炸裂开来:这个班原来的老师竟然给了我一个最差的评估,而且也是我在整个一年的教学经历中收到的所有评估中最差的。

我没有想到会是这样的结果,我没有想到会遭到这样的失败。我的情绪低落极了,心情也沮丧极了。我真诚地向这些男孩子们道歉,感谢他们对我的信任,感谢他们付出的艰苦努力。然后,我默默地收拾好我的东西,准备离去。

然而,巧的是,那天下午,他们班级也将参加学校举办的六年级毕业之前的舞会,那是一场非常出色的舞会——所有的男孩子站在体育馆的一边,而所有的女孩子则站在另一边。我和另一位与我有相同遭遇的实习老师坐在露天看台上,欣赏着这些男孩子和女孩子告别小学这个避风港而升为中学生之前的最后一瞥。

突然,那震耳欲聋的摇滚乐猛地停止了,优美的华尔兹舞曲响了起来,在整个体育馆的上空回荡。这时候,弗兰基从一群男孩子中走了出来,爬上露天看台,问我愿不愿意和他共舞一曲。当我出现在舞池的中央时,几乎所有的目光都一起注视着我们,弗兰基和我就这样在众目睽睽之下默默地跳起了华尔兹。当一曲终了的时候,弗兰基停住了舞步,凝视着我的眼睛说:"谢谢你改变了我的人生!"

哦,这一切并不是因为食谱和分数具有多么神奇的魔力,也不是因为曾经许下的到麦当劳吃午餐的诺言。我认为创造出这个奇迹的惟一的原因就是因为有人在关心你!如果我真的改变了弗兰基的人生,那么,他也一样改变了我的人生。就是在那间教室里,我懂得了爱的力量,学会了善待他人和尊重他人。

在那以后的岁月里,我这个原本要成为幼儿园老师的实习老师,改变了原来的主修课程,学起了特殊教育。多年以来,我一直在加拿大和美国从事着这份非常有意义、有价值的教育工作,尽我的所能去寻找每一个弗兰基。

谢谢你,弗兰基,谢谢你改变了我的人生!

感恩提示

gan en ti shi

总会有些事情潜移默化地影响着我们的一生。或许一个微笑,或许对别人伸出的一只手,或许是一件微乎其微的小帮助,它们起到的效果,是难以料想的。

优秀的老师总是会对学生多付出一分关心,一分耐性,一分诚恳,一分智慧。

惟有这样,才能让学生在良好的环境中成长,在人生的旅途画上完美的图画,能在以后的道路走得更好,更顺利。弗兰基的改变是大家有目共睹的,而"我"终于成为了一位成功的老师。最重要的是,"就是在那间教室里,我懂得了爱的力量,学会了善待他人和尊重他人。"这就是改变,是学生的进步,也是老师的进步。

一次微小的改变,可能会影响人的一生。也能让人感恩一生。　　　　(许珍珍)

•感
•恩
•老
•师

104

死亡对7岁的小卫而言,毕竟太沉重。虽然沉重,但还是得面对,不过最最亲爱的老师会陪你一直走下去,和你一起去面对父亲的死亡。

看! 星星笑了

◆文/佚　名

每当夜晚,她又会仰望着天上一望无垠的星空,相信有一颗最闪亮的星星会永不缺席地听她诉说所有成长的故事。

"九二一"地震不久,我的一个学生常常在我面前晃来晃去,红着眼眶似乎想说些什么,我拍拍她的肩膀问:"你是不是有什么事要告诉老师?"她听了,摇摇头就跑开了。

前几天,又见她欲言又止的神色,我借故要她帮我把作业簿搬到三楼的办公室,在楼梯间,她哽咽地说:"爸爸自从地震后已经好几天没有回家吃晚餐了。"其实,她的阿姨早已透露她爸爸可能遇难死亡的讯息。面对她略带忧伤的眸子,我的眼眶也红了。当时,我的心在呐喊:"小卫,也许你爸爸再也无法和你共进晚餐了!"但是,望见眼前忧伤的她,我的声音凝结在半空中,哑哑的说不出话来。

地震过后,许久未见她妈妈来接她放学,我感到有些诧异。她向来是妈妈的心肝宝贝,几乎天天来学校接她放学,为什么地震过后,她就不曾在接送区出现过?有一天,她阿姨到学校来找我,告诉我她爸爸可能在"九二一"地震中身亡,我才恍然大悟。原来她的妈妈对她爸爸生死未卜一事感到心焦如焚,于是不能如往昔一样定时接她上下学。

据她阿姨描述,"九二一"地震当天,她爸爸要把大理石从采矿区运回公司,路经水库时适逢天崩地裂的大地震,从此音讯全无。这段时间,她的家人曾向警方报案,也通过各种渠道寻找她爸爸的下落,得到的回应竟是一张卡车遭击毁的照片,而那辆卡车与她爸爸开的卡车相似,因此她的家人对她爸爸生还的可能性均抱着最悲观的想法。

两天前,一大早她进门就迫不及待地冲到我面前说:"老师,妈妈说她昨晚闻到一股浓浓的尸臭味,这意味着爸爸已经死了吗?"我的眼眶又红了,鼻子酸酸地问:"小卫,你也闻到尸臭味了吗?"她天真地猛摇头,耸起肩:"老师,昨晚我看到妈妈哭得很伤心,我一直安慰着她呢!"

昨天,放假的第一天,她抱着我说:"老师,爸爸已经死了,妈妈把爸爸接出来了。"唉!一个7岁的孩子将如何去面对父亲的死亡呢?

妈妈原本是不想告诉她父亲已经过世的消息,她不断地告诉我,她想让小卫在没有哀伤的氛围下长大,因此她妈妈才会骗她说,爸爸到很远的地方去工作,要好多年后才能回来。然而聪慧的小卫,在家人不经意的言谈举止中,还是知道了爸爸再也不会回来吃晚饭了。

为了减轻她对死亡的恐惧,我对她说:"爸爸已化作天上最明亮的一颗星星,每天晚上闪烁着光芒对你微笑,今后你若有什么心事都可以对着天上的爸爸诉说。"她点点头,从她的眸子中我看到有一颗璀璨的星子跳跃着。

今天,她面有愧色地说:"老师,昨晚我睡得很早,忘了和天上的爸爸说说话了。"我拍拍她的肩膀安慰她:"没关系,爸爸不会走,爸爸会永远在天上看着你,今晚有空你再找他聊聊天,好不好?"她听了,放心地笑了。

死亡对7岁的小卫而言,毕竟太沉重。虽然沉重,但还是得面对,不过最最亲爱的老师会陪你一直走下去,和你一起去面对父亲的死亡。而每当夜晚,她又会仰望着天上一望无垠的星空,相信有一颗最闪亮的星星会永不缺席地听她诉说所有成长的故事。

　　如果爸爸真的可以化作天上最明亮的星星，那他注视自己可怜可爱的女儿时，应该会感到一点儿欣慰。因为他的女儿遇到了一位好老师。

　　平安是福。天灾造成的死别是人生最大的不幸。死者死而不得其所，生者则要承受肝肠寸断的痛苦。而对于一个7岁的孩子来说，父亲的突然离去，留给她的远远不止是牵挂与思念，还有恐惧、迷惘……这么沉重的心理包袱她怎么承担得起？她以后的人生路怎样走下去？然而让人感到幸庆的是她有一位好老师。老师会拍拍她的肩膀或者抱着她，给予她母爱般的关怀和温暖。为了减轻孩子对死亡的恐惧，她还撒了一个美丽的谎。当孩子仰望着那颗最闪亮的星星，相信她可以感受到爸爸的存在。当孩子向那颗星诉说完心事的时候，她的心情一定会舒服很多，沉重的心理包袱也会因此而减轻一点儿重量。

　　"最最亲爱的老师会陪你一直走下去，和你一起去面对父亲的死亡。"老师的这一份爱，会让女孩摆脱黑暗、恐惧，沐浴在幸福的阳光中。　　　　　　（陈艳芳）

　　在遇到你之前，我还不知道什么是真正的教育。遇到你之后，我才知道教育的对象是活生生的人，而不是接受知识的机器。

最好的老师

◆文/[加拿大]伊丽莎白·赛兰斯·鲍拉德　译/徐娜

　　在五年级开学的第一天，新的班主任汤普森老师给学生做一次演讲，她告诉那些学生自己将对他们一视同仁。但是，汤普森老师没有实现自己的承诺，因为她没有在心底里平等对待那个坐在最前排的小男孩儿，他的名字叫特迪·斯托达德。特迪的衣服总是乱糟糟的，身上总是散发着一股臭味，其他孩子都不愿意和他一起玩儿。这些不好的印象使得汤普森老师在他的档案上用红笔做了个记号，一个粗体的x，然后在他的作业的最上边简明扼要地写了个大大的F。学校要求每个新的班主任老师都要了解每个孩子过去的记录,汤普森老师把对特迪的了解放在了最后。不过,当后来她读到特迪的档案时,被里面的内容吸引住了,对这个孩子的遭遇感到很震惊。特迪的一年级班主任老师写道:"特迪是个快乐的孩子,脸上经常露出真诚的笑容。他能及时地完成作业,字写得很漂亮。他总有些好点子,给周围的同学带来快乐。"二年级班主任老师写道:"特迪是个出色的学生,一直受到同班同学的喜欢。但是他有些苦恼,他的母亲患上了不治之症,卧病在家,家庭生活有些困难。"三年级班主任老师写道:"特迪母亲的死对他打击很大。他竭尽全力,想做到最好。但是,他的父亲对他不关心。如果他的家庭状况不能改善的话,将会影响到他的前途。"四年级班主任写道:"特迪倒退了,对上学没有多少兴趣,有时候还在课堂上睡觉。他行为变得孤僻起来。朋友们慢慢疏远了他。"读完了特迪的档案之后,汤普森老师才知道问题所在,她为自己曾经对这个学生的鄙视而感到羞愧。新学期开始没多久,教师节就来到了。在上课之前,每一位学生都为汤普森老师献上了一件精致的小礼物,这些礼物都是用漂亮的绸带和彩色的礼品纸包裹着。而特迪的礼物比较特别,它是用废弃的牛皮纸包装起来的。汤普森老师好奇地打开那份与众不同的牛皮纸,里面只有一条用打磨过的小石子串起来的手链,虽然做工粗糙,但看得出来它费了不少心思;另外还有一瓶劣质的香水,其中已经用掉了一大半儿。学生们看到特迪的礼物后,都嘲讽地笑了起来。但是,汤普森老师却惊喜地叫了起来:"多么可爱的手链。"她戴上了那串石子手链,还在自己的手腕上拍了一点儿瓶中的香水。见汤普森老师这么喜欢特迪的礼物,同学们停止了嬉笑,甚至有些羡慕特迪的别出心裁了。放学后,特迪鼓起勇气对汤普森老师说:"老师,那香水是我妈妈去世前用的。你今天闻起来像我妈妈一样。"在特迪离开之后,汤普森老师感动得哭了,因为一个别人眼中的怪孩子向她敞开了心扉。

教师节以后,汤普森老师特别关注起特迪来,特迪也愿意向汤普森老师诉说自己的烦恼。当她陪着他一起做功课的时候,他的头脑好像又灵活了起来。她越是鼓励他,他进步得越快。在一学期结束之后,特迪变得干净了,变得活泼了,他的朋友也多了起来,他已经成为了班上最机灵的孩子之一。尽管她曾经说将对所有的学生一视同仁,但在同学们的眼中,特迪成为了"老师的宠儿"。特迪小学毕业那年,汤普森老师在自家门前发现了特迪留下的字条,上面写着:"您是我遇到的最好的老师。"

再次收到特迪的字条是六年之后的事情了。他在那张字条中写道:"我已经完成了高中学业,在班上名列第三。直到现在,您还是我遇到的最好的老师。"又过了四年,特迪来信说:"尊敬的老师,我很苦恼,因为我即将大学毕业了,我不知道自己要干什么。"汤普森老师回信道:"还记得那串你为我制作的手链么?你比其他孩子聪明，我相信你会做得更好。"15年后的春天，汤普森老师收到了特迪的一封信。特迪在信中说："尊敬的老师，我已经博士毕业了，在石油公司找到了不错的工作。我遇到了一位可爱的女孩子，已经打算和她结婚了。尊敬的老师，我现在有一个不情之请。或许您还不知道，我父亲已经在几年前去世了。因此，我唐突地希望您能以我的家人的身份出席婚礼，最好是以新郎的母亲的身份出席婚礼。或许我这个想法有些荒唐，但是，您毕竟是我一生中遇到的最好的老师。"汤普森老师当然没有拒绝特迪的请求。在婚礼那天，她戴上那只珍藏了十多年的石子手链，喷洒了一些特迪母亲曾经用过的香水。阔别15年后，汤普森老师和她的学生再次相会。特迪一下子就注意到老师手腕上戴的是自己当年特别制作的手链，并且闻到了母亲曾经用过的香水气味，他的眼泪一下子就涌了出来。婚礼上，师生俩深情地拥抱在一起，就像一对真正的母子。特迪在汤普森老师耳边悄悄地说："谢谢您来参加我的婚礼，谢谢您能如此信任我。非常感谢您曾经能让我自己恢复了自信，谢谢您常常提醒我可以做得更好。"热泪盈眶的汤普森老师哽咽着说："特迪，是你教导我怎样在自己的职业生涯中做得更好。在遇到你之前，我还不知道什么是真正的教育。遇到你之后，我才知道教育的对象是活生生的人，而不是接受知识的机器。"

感恩提示

汤普森老师对特迪由漠视到关注到珍爱，她心理的变化过程是她自身灵魂洗礼的过程，她对特迪的关怀，像是天使的眷恋——他有幸能够碰到这样一位用心去关怀学生的老师，从而由自卑到自尊到自信，最后成功地拥有了自己的幸福。而在我们的现实生活中，和他有着同样遭遇的孩子却没有那么幸运，一天天，一月月，一年年，抑郁的情绪得不到抒解，幸运点的平庸过一生，不幸的可能心理会变得畸形，对社会造成损害。

汤普森老师，因为特迪，懂得了"怎样在自己的职业生涯中做得更好"，她知道了教育，不只是机械地教授知识，更重要的是用心去关怀和影响下一代，引导他们树立正确的世界观，从而实现他们的人生价值。

在这个故事里，老师找到了自己职业导航的灯塔，学生获得了享受成功的平等机会。那看似最平常的教与学的过程，其实包含着我们人生最好的礼物——爱。

（陈　森）

原来竟是这样!一张薄薄的试卷竟然包裹着这样一份深厚的情谊。我感到眼前一片模糊,眼眶潮湿了,我急忙用手去拭。

雪后的阳光

◆文 /宋勇刚

又到了期末考试的时间,按照学校的考务安排,我被调整到二年级的一个班监考。

前几天,一场纷纷扬扬的大雪给校园披上了一层银装,厚厚的积雪在阳光的照耀下,一点点消融,让人觉得臃肿的冬装下,连骨子里都打着寒战。

我拎着试卷袋走进教室,闹哄哄的孩子们立刻安静下来,一双双明亮的眼睛紧张地盯着我。开考的铃声响了,我将卷子发下去,雪白的试卷像翻飞的浪在孩子们的手里传递着。待教室平静下来,孩子们的笔在纸上沙沙作响时,我忽然发觉按理应当有一份多余的试卷,以便学生答卷过程中出现问题时解答调换用的,怎么没有了呢?难道是教务处数错了? 我没再多想,一边在教室里来回走动,一边用目光巡视着。

一个靠前排坐的小男孩儿吸引了我的视线。他的头垂得离卷面很近,几乎是趴在桌子上写字。我好奇地走近他,发现他衣着单薄,一件短旧的单衣里面,只有一件不知是谁穿剩的肥大毛衣,露在外面的袖口处早已破烂成絮。男孩儿的双腿在桌子下面瑟瑟颤抖,他发觉我在看他,赶紧将双脚收拢回桌子下面遮挡住,却不经意露出了他那双破旧的运动鞋,鞋面已有些脱胶,污脏的雪水正从里面渗出来。

我顿时心生感慨,自己也是从山里走出来的孩子,深谙贫穷的滋味。我的手轻轻落在他的肩膀上,这似乎打搅了正沉浸在试题中的他。他打了个激灵,抬起通红的脸,目光闪烁游离,不敢与我正视。我理解他的处境,自己以前也曾有过这种窘相啊。我用鼓励的眼神望着他,微微笑了,示意他直起身来,保持坐姿。他会意地还我一个很腼腆的浅笑,不好意思地纠正着姿势,向我投来一束感激的目光。

以后几天的监考中,我总会踱着步走到那个男孩儿身边,充满爱怜地凝望着他瘦小的身影。尽管他那冻得红肿的手在握笔时显得力不从心,但落在纸上却是铿锵的笔画,那种执著的全力以赴的神情令人动容。

接连几场考试都无一例外没有剩余的卷子。直到最后一科历史考试，有个同学要求调换印刷不清的试卷才引起我足够的重视，发生这种情形我是多么失职呀。我尴尬地清了两声嗓子，严厉地说："谁多拿了试卷，站起来。"没有人站起来。孩子们握笔在手，不知所措地看着我。我心中升起一股怒火，再次重复道，"谁多拿了试卷，站起来。"教室里依然寂静无声，我那犀利的目光从孩子们的脸上逐个扫过。这时，那个一直被我倾注关爱的小男孩儿慢慢地站了起来，在所有人的注视中他显得那么楚楚可怜。他的头垂得很低，缓缓地从桌肚里抽出一份卷子来。真是恨铁不成钢呀！我狠狠地瞪了他一眼，一把夺过了试卷。

教室里又恢复了安静，同学们埋下头去，刷刷地做着题，只有那个小男孩儿仍然站在他的座位上。我没叫他坐下，就让他站着答卷吧，我心想，算是给他一个惩罚，让他记住，穷不可耻，真正不能容忍的是他的行为。

这最后一科终于考完了，收上试卷后，我轻松地嘘了一口气。我把试卷整理好，装进袋子里，正要离开教室，却被同学们"哗啦哗啦"地围住了。一颗颗小脑袋挡在我的面前，一双双眼睛无言地看着我。我诧异地愣怔住了。站在最前面的一个女生有些怯怯地对我说："老师，张波多拿卷子的事不要告诉校长，好吗？"她这一起头，其他同学也纷纷附和着："老师，您就原谅他吧……"这是怎么回事？看着他们乞求的目光，我心想其中一定有什么隐情。我远远地望了望那个叫张波的男孩儿，他正坐在座位上，无声地抽泣着。

同学们七嘴八舌地向我解释："张波家穷，他爸患糖尿病去世了，家里只有妈妈一个人能干活。他有一个残疾的哥哥，不能正常走路。哥哥无法上学，却很想读书，只能靠张波和同学们为他辅导。那张卷子就是给他哥哥留的……"

原来竟是这样！一张薄薄的试卷竟然包裹着这样一份深厚的情谊。我感到眼前一片模糊，眼眶潮湿了，我急忙用手去拭。那张多余的试卷将我的心压得分外沉重，我走到张波身旁，从试卷袋里将它抽了出来，轻轻地塞进张波的手里。

尽管生活苦涩艰辛，但我深信，这兄弟俩会成功的！就像这雪后的阳光，尽管一时被阴霾遮挡，但终会热力四射，让人看到希望，憧憬未来！

感恩提示

gan en ti shi

在天寒地冻的冰雪天气里，一个小男孩儿，"衣着单薄"，"双腿在桌子下面瑟瑟颤抖"、"目光闪烁游离"……可怜的孩子，贫穷让他感到卑微，心虚让他感到尴尬。在这种情况下，老师给予了他鼓励的眼神和微笑，那时尽管外面很冷，不过小男孩儿一定会感到很温暖。

老师总是用充满爱意的目光关注这瘦小的身影，他看到孩子铿锵的笔画，他相信这男孩儿肯定是个好学生。然而，就是这位被他倾注关爱的好学生偷偷地藏起了试卷，一种恨铁不成钢的失落感顿时涌上老师的心头。他要给这孩子一个惩罚，让他记住，穷不可耻。希望越大，失望越大，老师如此生气是可以理解的。但我认为他太冲动了，怒火使他忘记了先问一个究竟。看到他那狠狠的一瞪眼，小男孩儿心里一定深感悔疚，感到无地自容。因为他辜负了老师的爱意。可是这又有什么办法？为了家里那残疾而又渴望上学的哥哥，他甘愿背负老师的惩罚与误解，最后，当他手里拿着老师塞给他的试卷时，我想他会再一次流泪，为了老师的理解与宽容，以及那一群为他求情、替他解释、帮他哥哥辅导的好同学而流泪。

在融雪的寒冷天气里，小男孩儿被暖暖的阳光照耀着，那阳光里有老师和同学的爱。

（陈艳芳）

　　老师的心里，永远给一个少年留着一条回来的路。那时我不知道，我也不懂老师为什么要让我从后门走，现在知道了，那是为了我能好好地从前门回来。

给老师打个电话

◆文/关 羽

　　我是鼓足了勇气，才敢给我的老师打电话的。我不是一个好学生。一个不好的学生对老师总是有点儿怕。从前我怕的是老师的严厉；现在呢，是怕她的好。

　　老师因身体的原因被裁掉了。老师不能教书了，闲在家里，这对于一个教了二十多年书的人，这对于一个愿意把学生当做自己孩子的人，该是多么大的打击。我在电话里听到一个苍老的声音，我以为是她的母亲或是她的婆婆。那个声音却对我说：我是老师。我说：我是小靖，您的不肖的学生。我的眼泪没有下来，老师最不喜欢的，就是男孩子哭。我只问她：您好吗？然后又对她说：我要回去看您的。

　　我想我再回去的时候，去看看我的老师，顺便给她看我写的诗，这样会使她高兴。当她高兴的时候，我便和她一起回忆我惹她生气的那一件件事，我会好好地和她聊聊，甚至不会忘了向她索要我的玻璃球——当年我丢在讲台上，使她摔一跤的玻璃球。

告诉你，我长得不好看。一个长得不好看的孩子，吸引别人注意的办法是恶作剧。于是便有了老师课桌里的青蛙，便有了蛇形的纸条，老师总是摇摇头，一笑了之。让老师吃了苦头的是那些玻璃球。那是一个下午吧，老师刚说了一句话，就给我们实践了怎样把滑动摩擦变滚动摩擦。她的脚踩到了那些球上，我看到她的笑容迅速凝固，来不及叫一声，就栽倒了。

老师流血了，在额头上。

老师流血了，在心里。因为没有一个人，到现在，也没有一个人承认，那玻璃球是他的。

那是我的，是我丢在老师那里的诚实，是一个男人敢做敢当的勇气。下次回去，我要把它要过来。我知道这么多年来，老师一直等着，等着一个人真正长成一个男子汉时，回去拿走玻璃球。

一棵树苗，长成参天的大树，需要多少次的修剪啊。这个世界上没有一棵树，不经过修剪就是直的。想我当年认识老师时，是一株已经歪了的半大树苗，已经无法再剪。那一声声的鼓励，却让我已经倾斜的自尊有了一点儿依靠。我就那样攀缘而上，看到了不同的命运和人生。

依然记得第一次作文被当做范文念的情景。

依然记得同学用"惊讶"这个词造句——我"惊讶"地听到，刘靖也交作文了。

让所有人"惊讶"的是，老师给我满分，还说，她被感动了。

我记得呀，我写的是《柳》，说柳这玩意儿耐活，无论插到哪里，无论正插还是反插，只要有一点儿水和阳光，它就会给我们一个绿色的梦；柳是世上最温柔也是最坚强的植物，无论长得多么歪斜，无论绕过多少阻碍，总是活着；柳呢，也是世界上最谦卑的植物，无论长得多高，总是低垂着枝条，使饥饿的小羊能吃到它的叶子。

老师一定知道，我有一个饥饿的青春。我需要的是鼓励和承认。而她就是那棵参天的柳，低垂枝叶，只为我可以吃到。

我的第一篇作文发表时，老师在班里大声地朗读，仿佛那是我们班最大的喜事。而我自己知道，那篇拿去发表的文章，当时我连抄都不愿意抄。老师替我抄了，改了错字和病句。我的作文变成铅字时，她对全班的同学说：每个人，只要努力，都可以像刘靖同学这样的。我知道我的努力，我的努力只存在于老师的期望里，而那期望，仿佛永远只是期望；而今，我懂得了她的努力，她的努力是在一个冷漠的心里建起一个家园，一个温暖如春的、生机勃勃的家园。我的自尊、自信，就是在那样的家园里，在她的呵护下，成长起来的。

　　我是一个不专心的人,当我的眼睛直直地看着黑板时,其实什么都没有看,我的眼睛早丢在了回忆里。我总是回忆很多事,有很多事在我不那么坚硬的心里留下深深的印记,使我的心事沟壑纵横。我经常带着这样的心事坐到课堂上,后悔着,揣摸着,想为什么那样呢?为什么不这样呢?将来怎么办呢?我就这样,把家里大大小小的战争在课堂上重演,就这样地准备着回家怎么办的方案,思索着那一切为什么,为什么。老师的粉笔总是制导导弹一般准确地击中我的头。她笑,微微的笑意越过所有人的头顶,朝我一个人而来。她的目光含着深深关切,仿佛可以听到与妈妈一样的声音:孩子,你怎么了?

　　没什么,老师。

　　多少年以后,当我在人生的战场上战败,回到一无所有的境地时,仿佛依然会听见那样的问话:孩子,你怎么了?那永远的温暖的感觉穿越时空伴我走天涯,无论何时何地我都记得,自己得到过怎样的关爱,自己遇到过怎样的人。无论何时何地,我都给自己机会,重新变成那个受了委屈的孩子,悄悄地滚几滴眼泪,然后再告诉自己:没什么,刘靖。

　　的确可以说没什么的。有时是这样的。比如对那个体育老师,即便现在见了他,我还是会提醒他:你在我心里,什么都不算。

　　那样的老师给我的人生上了另一堂课,使我知道应该视什么人如无物,使我知道我永远不能为有那样的妈妈而感到自卑。即便,妈妈是那样卑微的人。

　　他是这样说的:刘靖,回家跟你妈提篮子去吧,连这动作都做不好。

　　谁都知道,那个年代工厂里的生意人会被人怎样看。大家都笑了。我站在那里,无地自容。

　　他扔篮球过来,砸在我的脸上:怎么,傻子一样,没反应哪!

　　我终于忍不住了,大吼:你妈的,我杀了你。夺过别人手里的暖瓶,我冲他飞奔而去,来不及反应的他结结实实地挨了一下,碎的暖瓶给他的记忆填了五彩斑斓的一笔。那节课没有上完。放学时,派出所的人就来了。他居然把我告了。

　　我的老师把我叫到她的办公室里,一句话不说,看那些人让我签字。

　　看那些人让我背过双手,给我银色装饰。

　　看那些人牵我出去。

　　等等!她拿了件衣服,挡住了我的装饰。我听见了她的哀求:前门人多,从后门走吧,他还要回来!

　　我看到了她的眼泪,想说:老师不哭。但我看到了自己的眼泪在地上滴成一朵梅花。

　　想起了她念的诗:梅花香自苦寒来。

老师的心里，永远给一个少年留着一条回来的路。那时我不知道，我也不懂老师为什么要让我从后门走，现在知道了，那是为了我能好好地从前门回来。

　　现在，我回来了。如果你能从这么多的文字里，找不出几个错字，如果我还能用算得上通顺的文字，表达我对老师的想念，如果你还认为我是一个没有报废的人，你就会和我一样感谢我遇到的那个好人，那个妈妈一样的老师。虽然，我不是她的好学生，但她永远永远是我的好老师。她给我已经倾斜的心灵一个依靠，我就那样攀缘而上，看到不同的命运和人生。

　　我想她，我要每天，给她一个电话。

感恩提示
gan en ti shi

　　我初中时也曾遇到文中那样慈爱的老师，她不会因为我的逃课，因为我的打架，而把我定位为不可拯救的人，她知道我的语文基础好，叫我做语文课代表。她不会对我说虚假的空话，她的每句话都很平实，却能直达我的灵魂。至今我还记得，在一次打架之后，她问我："你以后想做什么，想过怎样的生活？"她让我重新思考自己的人生。我也还记得，那次我的作文在全校的作文比赛中获奖了，当我迎着众人疑惑的眼光走上讲台拿奖状，她鼓起了掌，她说，你们怎么不鼓掌，曼平是我们班的骄傲。那次，我第一次产生了做老师的冲动。

　　生命中我们会遇到许多各种各样的人，友好的、热心的、冷漠的、凶恶的……

　　有的人就像"我"所遇到的语文老师，热心关心学生的成长；也有的像体育老师般冷漠的。可是无论怎样，我们都要感谢生命中所遇到的这些人，感谢那些帮助我们的人，让我们成长；感谢那些伤害我们的人，让我们变得坚强；感谢那些轻视我们的人，让我们学会奋斗。

（黄曼平）

但后来,一副套袖的出现,居然神奇地扭转了局面。

幸福的套袖

◆文/佚 名

那时我刚刚接过初二年级的一个乱班。面对着如自由市场般杂乱不堪的课堂,面对着存心与我作对的学生,一向以性情温和自诩的我突然变得暴躁易怒。我几乎就已认定,我非栽在这帮学生手里不可。

但后来,一副套袖的出现,居然神奇地扭转了局面。

因为经常伏案,我的一件红毛衣的肘部有了明显的磨损。大概在我回身板书的时候,磨损的部位会更鲜明地呈现在学生们面前。元旦快要到了,许多学生开始互送贺卡或小礼物。那一天早晨,我开门进办公室,发现地上躺着一个扁扁的牛皮纸袋子,袋子上写着我的名字。我撕开袋子,里面露出一副天蓝格子套袖。这时候,同教研组的老师也进了办公室的门。他看着我手中的东西,开玩笑说:"哟,谁送来的新年礼物?可惜颜色太难看,做工也太粗糙。"我必须承认,它的颜色确实不好看,做工也确实不精细,但是,不知为什么,我竟不可救药地喜欢上了这副套袖,并且毫不犹豫地将它戴了起来,拿上教案,神气十足地朝教室走去。

115

走在去往教学楼的路上,我想:不会错的!这一定是我班里的学生送的;可它究竟是谁送的呢?究竟是谁这么有心,给我送来了这样一份既实用又别致的礼物?

推开教室的门,迎接我的是一片波澜壮阔的笑声。我知道,大家是在为我的"红配蓝"而发笑。因为离上课还有几分钟的时间,我决定先做个调查。我说:"请大家不要笑。你们知道吗?这副套袖是我今天早晨刚刚收到的一份新年礼物,只是,这个人没有留下姓名。我心里的感激之情不知该向谁去诉说。不过,我十分明白,送礼物的人一定在你们中间!我还知道,你们大都不会用缝纫机,这副套袖,很可能是你央求妈妈或奶奶、姥姥做的。就算你不愿意接受我的谢意,你总不该拒绝我对你的感激吧?所以,请送套袖的举下手,让我们从此成朋友,好吗?"没有人举手。教室异常安静。大家看着我,静静地微笑。

那一节课,我讲得出奇地成功,同学们也出奇地配合。

从一副套袖开始,我和我的班级迎来了崭新的生活。那似乎是一件极有魔力的

"镇班之宝",只要我一戴着它出现在教室门口,大家登时就会安静下来。50双宝石般的眼睛带着共守一个秘密的神圣感望向我。幸福的花,从我的心头开上我的眉头。我注视着每一个都有着送套袖"嫌疑"的学生,心中泛起说不尽的怜爱与温情。

直到他们毕业,我都没能查出送套袖给我的究竟是谁。那是一副耐用的套袖,我几乎四季都戴着它,但它美艳的蓝色硬是不褪不减。在我看来,它是在以自己的某种坚守告诉我这样的一个人生哲理:只要用爱去面对、用爱去求证、用爱去感染、用爱去消解,每一颗看似坚冰的心灵都可能融为春水。

多少年过去了,我那个班的学生不少人有了大出息。当他们来学校看我,有的我一时叫不上名字,但只要他(她)笑着说出"幸福的套袖",我就会呵呵笑着将他(她)拥进怀里,和他(她)重温一个让我们无比激动感怀的美丽故事。

感恩提示

gan en ti shi

一双颜色不好看、做工粗糙的套袖,老师却天天戴在胳膊上,学生也没有因为"红配蓝"而嫌套袖土气,始终给予一种尊敬的眼光。套袖就那样起到了神奇的作用,改变了以后的课堂纪律,增强了老师与学生的情感,这一份情,延续了多年,只要说出那爱的密码——"幸福的套袖",那种喜悦,那种激动,那种感怀……都不言而喻。

蓝色是老师的惊喜,红色是学生的心灵,红配蓝,是最耀眼的搭配,是最温馨的回忆。

(冯淑婷)

他说:无论老师喜不喜欢我,我都喜欢你的课。信的末尾是这样一句:老师,记住吧,总会有人喜欢你的,就像爷爷那么喜欢我一样……

假 摔

◆文/邓海建

年前,我去苏北的一个小镇支教,那里的小孩子对新老师有着天然的热情:课前课后围着我,怯怯地问一些海阔天空的问题。但有一个小男孩儿,一直安静地坐在南边靠窗户的地方,手撑着头,眼睛散漫地望着窗外空荡荡的天空。

他的伙伴私下里告诉我,他是班级里成绩最差的一名学生,孤傲、霸道。一个女孩子补充一句:"没有人喜欢他!"

一天下午,他迟到了,裤管儿、袖口全是泥,左手上还有一个鲜红的小口子,气喘吁吁地喊"报告",我看看表,已经上课一刻钟多了,真是气不打一处来,便严肃地问:"在哪儿玩儿的?为什么迟到?"他扭扭衣角,犹豫了半天,就是说不出什么理由。我更坚信了自己的判断,便决然地说:"好,既然迟到,先站到教室后面去听讲!"这是我第一次"体罚"学生。虽然于心不忍,但他实在是太过分了。

放学后,我和同事一起推车回宿舍,竟然发现车篓里多了一堆橘子,红红黄黄的,不好看,青涩的叶子还在,但个头很大。我想了很久也没想出是谁这么好心,倒是那些橘子回来就被大家瓜分了。

从那次之后,他又打了一次架,我更是被气得很少喊他回答问题。有一次,他终于忍不住来问我:"老师,你是不是不喜欢我?"我说:"是的,又迟到又打架,没有人会喜欢你……"我的本意是先批评他一通,再和他交流,哪知我话还没说完,他就摔门走了。

第二天体育课上,练单杠时,他摔伤了,躺在地上死活就是不肯去卫生所,谁的话也不听,我很着急:"谁去给我把他爸妈叫来。"班上的"机灵鬼"很快就找来了他的家长———一个穿着打补丁中山装的爷爷。爷爷是推着小车来的,一车的橘子,红红黄黄的,急急扔下小车就来搀他,心疼地帮他拍打身上的尘土,连声问"要紧不",他撒娇地说不要紧的,用热水敷敷就好了。我说:"还是去看看医生吧。"他终于骄傲地回了我一句话:"不要紧,爷爷会喜欢我的。"我愣了。

在办公室,他爷爷问我:"你就是那个外地来的老师吧,毛毛说你的课上得好,他很喜欢你的。我种了几亩橘子,前几天,他非得让我给你送,我说人家外地老师不稀罕的,他就搬个小凳子去搞,还弄得划了道小口子……"我忽然觉得自己犯了一个天大的错误。

在后来的课堂上,我一直"讨好"他,他还是对我爱理不理的。临了,我要走了,他哭得一塌糊涂,弄得其他学生都特惊讶。他还给我写了一封长长的信。我终于知道了这个为我摘橘子而迟到的孤儿,知道了因为别的学生说我"坏话"被他"教训"的经过,知道了他赌气故意摔坏自己证明这世界还有人真心喜欢他的"报复"……看着看着,我早已泪流满面,忽然觉得这封信是我这段时光最大的感动和最深的遗憾。

他说:无论老师喜不喜欢我,我都喜欢你的课。信的末尾是这样一句:老师,记住吧,总会有人喜欢你的,就像爷爷那么喜欢我一样……

读完这篇文章,我脑中反复地回荡着一句话:"老师,你是第一个喜欢我的人。"这是我去雷州支教时一个小学生对我说的,我的经历与本文的作者大同小异。读了这篇文章,我的心又再次被震撼了。因为孩子那颗脆弱而纯真的心。

孩子的心其实很无邪,孩子的行动其实很简单,他们只想表达对老师的爱,从老师那得到关注。文中老师一次偶然的关怀,就让一个小男生在老师调离时,因舍不得而哭得一塌糊涂。能被人这样地爱着,是多大的幸福啊。

老师,请细心呵护孩子的心吧,孩子的一生可能就掌控在你的手中。

(谭清燕)

它说明,在教过你的老师里,必定有一位杰出的英语老师。如果他或是她还健在的话,你应该前去向这样一位老师表达你的感激之情!

那可怕的期末作文

◆译/阿 铭

罗曼·德斯尔博士布置的期末论文作业又多又长,当他在班上念出这次论文的要求时,听起来很有些可怕。他用特有的敏锐目光向我们扫来:"当然,内容至关重要。但恰如其分的形式和准确的旁征博引也很有必要。"

下课了,同学们鱼贯走出教室。这时,我想起了另一间教室,那是我高中的老师艾多·库特夫人任教的班级,还有与这间教室似曾相识的气氛。

英语老师艾多·库特夫人极其严格、细致、整洁。现在我还记得她用浅蓝色的墨水在我的英语作业本上写下的蝇头小字,她对我每一个细小的语法错误都仔细地列出并做了修改。

"总有一天,你们会明白,在这间教室里学到的东西是多么有用。"艾多·库特夫人常爱这样说。虽然我们都不以为然,几乎没人相信她说的话,但是,那并不妨碍她不屈不挠地对我们的英语作文严加监督。一听到有同学小声地抗议,她的黑眼睛顿时变得炯炯有神:"将来,你们会发现真实的世界比起我的期末作文来,要求会更加严格的。但是不用怕,我要你们做的这些期末作文,会帮助你们为那个苛刻的世界做好准备!"

想到这里,我不由得微笑了。

罗曼·德斯尔博士似乎有一种专门为难学生的嗜好,在其他老师那里都能得到 A 的学生一到他的手上,立马成了只能得 C 的人。于是,我不敢马虎,更不敢怠慢,第二天便投身于论文上。我呕心沥血,比哪一门课的作业都认真。

论文收上去后不久德斯尔教授就批改完了。发下来的时候,教室里响起一片哀鸣,就像医院的病房。德斯尔教授把我的论文往我课桌上一放,一言不发地走开了。我把眼睛闭上,深呼吸,告诫自己要挺住,要经得起这一打击。当我下定决心,猛地一下翻开卷子的时候,一个鲜亮的 A 跃入眼帘。我简直不敢相信自己的眼睛,凑近了再仔细一看,真的是一个 A 在这个分数下面,德斯尔教授简洁地写了一句话:"下课后过来见我。"

下课了,同学们不满地嘀咕着出了教室,我紧张地走到讲台边。"年轻的女士,"他说,"你的论文是班上最棒的文章之一,我教了多年的大学会计课新生,这是写得最好的作业。你知道这说明了什么吗?"

我茫然地摇了摇头。

"它说明,在教过你的老师里,必定有一位杰出的英语老师。如果他或是她还健在的话,你应该前去向这样一位老师表达你的感激之情!"

他"啪"地一下合上笔记本,站起来,大步走了出去。

他的话让我马上就想到了库特夫人。

但是在我的记忆中,库特夫人是那么一个不苟言笑的、严厉的老师,一想到要会见她,我心里首先就胆怯了。

傍晚,我还是鼓起勇气,战战兢兢地站到了库特夫人简陋的小屋前。她穿着睡衣来开了门。

"我可以进去吗?"我脱口而出。她一边咳嗽,一边不情愿地点点头。"整个秋天,我都在生病。"她用微弱的声音,"我得了肺炎,刚好一点儿。"

库特夫人虚弱地倒在沙发上,她疲倦地示意我坐在旁边。我紧张地坐在离她最近的椅子的边沿上,然后把那张期末论文拿出来,飞快地塞在她手里。她打开卷子看了一眼,疑惑地望着我。

"我大学里的会计课教授说,他知道在我以前读书的学校,必定有一位像您这样的老师教过我,所以——嗯——"我结巴起来,"所以,我只是想来谢谢您,我真的很感激您曾为我做的一切,包括您对我的严格要求。"

库特夫人愣了愣,眼圈儿一下子红了,然后开始哭泣。"你是这么多年来第一个特地到我家来向我说感谢的人。"她抽抽搭搭地说,"孩子,你的来访比我吃过的所有药都管用,愿上帝保佑你。"她站起来,也拉着我站了起来,张开双臂紧紧地搂住我。

"见到您我也很高兴,库特夫人,我想我早就应该来向您道谢的。"我说。

那一刻,我觉得,我们拥有了整个世界。

感恩提示
gan en ti shi

人生中总有那么一个人,影响你的一生。这个人很多时候是一个普通的老师。

文中作者曾经的老师就是那么一个人。她很普通,只能以"严格""细致""整洁"这些词来形容……她是很容易被学生所遗忘的类型,但为什么作者却偏偏会想起她?也许是因为这个老师直接影响了作者,促成了作者现在的成功。

老师,就像辛勤的园丁,不停地给花草浇灌最好的水分和养料,而我们就像那些花草,开始并不理解为什么园丁要那么勤劳、执著和坚持不懈?等到许多年后的某一天,花草都长大了,才突然间明白:自己身体内每一份养料和水分都是园丁给予的。没有园丁,也许就没有它们现在的茁壮。面对白发苍苍的园丁,除了感激,我们还能做什么呢?

感谢恩师。人人都会有这样的想法,却不是人人都会去做。其实老师不需要什么报答,一句问候,一次探望就已足够。老师用心去爱学生,希望得到的也只是那心灵上的一点儿慰藉,像文中老师说的一句话:"孩子,你的来访比我吃过的所有药都管用,愿上帝保佑你。"这句话像一股清澈的暖流,轻轻滑过我的心田——原来只要那么一个探访,就令老师如此欣慰和开心了!

学会感谢恩师吧,毕竟他们给我们的是一生的财富。

(林紫珍)

她突然觉得有一种罪恶感笼罩了她的心灵。"哦，上帝，"她大声地祈祷着，"请您帮助我吧！让我对杰里米多些耐心吧！"

杰里米的复活节彩蛋

◆文 /[美]艾达·梅·肯派尔　译 /李威

杰里米一生下来就和别的孩子不一样，他不但身体扭曲变形，反应迟钝，而且身患绝症，如今病魔正一点点儿地吞噬着他的生命。尽管如此，他的父母仍旧尽最大的努力让他过正常的生活，并且把他送到圣特丽萨小学读书。

杰里米12岁的时候，才读到小学二年级。很显然，他的学习能力非常有限。上课的时候，他会在座位上不停地扭动身子，嘴里流着口水，发出"呼噜呼噜"的声音。有时他也能很清楚很明白地说话，就好像有一道亮光洞穿了脑中的重重黑暗。但是，这种情况非常稀少而且短暂。大多数时候，杰里米总是会使桃瑞丝·米勒老师发火。

一天，桃瑞丝老师打电话给杰里米的父母，请他们到学校来。

空荡荡的教室里，福里斯特夫妇惴惴不安地坐在座位上。桃瑞丝老师对他们说："杰里米应该到特教学校去上学。让他和这些学习上没有障碍的比他年龄小5岁的孩子在一起学习，对他来说是很不公平的。"

听了老师的话，福里斯特太太伤心地哭了起来。福里斯特先生说："米勒小姐，你知道，这附近没有那种学校。如果我们把杰里米从这所学校带走的话，对他来说会是一个非常沉重的打击。因为我们知道他很喜欢这里。"

福里斯特夫妇离开以后，桃瑞丝静静地凝视着窗外纷纷扬扬的雪花，独自一人在教室里坐了很久很久。她感到那冰雪的冷酷似乎已经渗透到她的灵魂深处了。她虽然很同情福里斯特夫妇，但继续让杰里米留在她的班级里是一件不公平的事情。她还有其他18个孩子要教，而杰里米会使他们分散注意力、不安心学习的。此外，杰里米根本就学不会阅读和书写，为什么还要在他身上浪费更多的时间呢？

然而，她突然觉得有一种罪恶感笼罩了她的心灵。"哦，上帝，"她大声地祈祷着，"请您帮助我吧！让我对杰里米多些耐心吧！"

从那以后，桃瑞丝老师竭力不让自己老是去注意杰里米制造的噪音和他那茫然的目光。

有一天，杰里米拖着他那残疾的腿一瘸一拐地走到讲台前："我爱您，米勒小姐！"他大声说道，声音大得全班同学都能听见。

同学们窃笑起来，桃瑞丝的脸一下子红了。"这很好啊，杰里米，谢谢你。现在，请你回到座位上去吧。"

不久，春天来了，孩子们都在兴奋地谈论着即将到来的复活节。桃瑞丝老师发给每个孩子一颗硕大的塑料彩蛋。她对孩子们说："请大家把这个复活节彩蛋带回家去，明天再把它带回来。但要记住的是，明天把彩蛋带回来的时候，彩蛋里面要放一个能够代表新生命的东西。"

"是。"孩子们异口同声地答应着，除了杰里米。他的眼睛一刻也没有离开桃瑞丝的脸，甚至没有像以往那样发出任何噪音。

第二天早晨，阳光明媚，鸟声啁啾。19个孩子兴高采烈地来到了学校，他们把各自的彩蛋放进讲台上的一个大柳条篮子里。数学课上完后，就是打开这些复活节彩蛋的时候了。

在第一颗彩蛋里，桃瑞丝发现了一朵美丽的花。"哦，很好，花儿当然是新生命的象征！"坐在第一排的一个小女孩儿挥舞着双臂叫道："那是我的！"

接着，桃瑞丝打开了第二颗彩蛋。彩蛋里放的是一只惟妙惟肖的塑料蝴蝶，"美丽的蝴蝶是由毛毛虫长大以后变化来的。因此，它也是新生命的象征。"桃瑞丝又打开一颗彩蛋，里面放着的是一块长着苔藓的小石头。

接下来，桃瑞丝打开了第四颗彩蛋，她一下子惊讶得屏住了气。彩蛋里竟然空空如也！这一定是杰里米的，她想，当然，他根本就不明白她布置的作业。为了不使杰里米感到难堪，她轻轻地把那颗彩蛋放到了一边，伸手去拿另外一颗彩蛋。

突然，杰里米大声叫道："米勒小姐，您不打算说说我的彩蛋吗？"

对于杰里米这冷不防的问话，桃瑞丝没有任何准备，她惊慌失措地答道："但是，杰里米，你的彩蛋是空的啊！"

杰里米凝视着桃瑞丝的眼睛，轻声地说："是的，但耶稣的坟墓也是空的啊！"

顿时，大家都惊呆了，教室里鸦雀无声，时间也仿佛停止了。良久，桃瑞丝才回过神来，她问道："你知道为什么耶稣的坟墓是空的吗？"

"哦，当然知道啦！"杰里米大声说道，"耶稣被杀死以后，遗体就放在坟墓里，但是天父又让他复活了！"

下课的铃声敲响了。孩子们兴高采烈地冲出教室，奔向校园。在空荡荡的教室里，桃瑞丝激动地哭了起来。此刻她身体里汹涌着阵阵暖流，先前那冰雪一样的冷酷完完全全地被融化了……

三个月之后,杰里米死了。

在殡仪馆,前往悼念的人们惊讶地发现在杰里米的灵柩上放着19颗彩蛋,而且,每一颗都是空的。

感恩提示
gan en ti shi

"呼噜呼噜"的口水声,那双似乎没有焦点的眼睛,带给我们的是莫名的伤感。小小的杰里米拖着被病魔吞噬的躯体,悄然来到了人间,就像折翼的天使,伤痕累累。

桃瑞丝老师祈祷上天,愿她能对待杰里米多一份耐心,少一分烦躁,多一分宽容,少一分要求。但毕竟桃瑞丝老师也是世人,无法做到像耶稣那样宽容大度。即使这样,桃瑞丝老师的那股冰雪一样的冷酷还是被小杰里米的纯真情感完完全全地融化了。

也许一辈子都弄不懂"我爱你"是什么意思的小杰里米,却能大声、坦诚地对桃瑞丝说出这样深切的感受。这也许就是一种即将燃尽的生命的挣扎吧。那句发自内心的肺腑之话,是杰里米最真挚的感受!

彩色的复活蛋,是一次彩色生命的开始。细细的蚕虫是美丽蝴蝶前生,可它即使再美,也掩饰不了离去的悲伤。"如果上天给予我是公平的待遇,也许我的一生不会如此度过。"但是杰里米永远也不知道他是人间的天使。

复活蛋,空了,但却能复活。杰里米,死了,但他却永远活在大家心中。

(李远华)

123

生活中,没有什么是不可改变的。一些小小的感动有时便会融化我们心中的坚冰,而改变我的,或许就是那声朴实却又发自肺腑的"老师好"吧。

只为一声"老师好"

◆文/廖 青

生活中,总有许多平凡的感动。而这些感动就像清泉,汩汩地流过心田,涤荡着我们的心灵,不经意间便会改变我们心底那些根深蒂固的念头。

在儿时的记忆里,从来不曾有过当教师这一理想。因为在许多人眼中,教师是清贫的,是蜡烛,是人梯,是无私的奉献者。

可高考的时候,也不知怎么就阴差阳错地报考了师范院校,更没想到又被阴差阳错地录取了。当拿到录取通知书的时候,我没有抱怨,只是想,这或许是天意吧。

虽然进了师范学校,又进了教育学院,可我骨子里那不愿当教师的观念依然没有改变。直到有一天,我去了农林小学。

那所小学就在离我们学校不远的郊区,坐公交车大约需要半小时。由于师资缺乏,小学的音、体、美等艺术学科一直处于荒废状态,尤其缺英语老师。学生们平时接触的除了语文就是数学,孩子们的兴趣爱好得不到充分的发展。后来,经过一些老师的牵线,准备从我们学院抽出一些有艺术特长和英语学得比较好的志愿者每周去那所小学上一下午课。没想到这一想法得到了师生们的大力支持和响应,许多同学都积极踊跃地报名参加。于是也就有了我们的"春耘"支教计划。

一个阳光明媚的下午,我跟着支教的同学们一起到了那所小学。

124

小学就坐落在公路边。学校由一幢三层的楼房外加一块不大的操场构成,的确很简陋。一走进校门,那些正在玩耍的孩子们就朝我们涌了过来,嘴里不住地喊着:"老师好,老师好。"第一次听到有人叫我老师,心里竟有一种说不出的喜悦和激动。我也不知哪儿来的勇气,笑着对他们说:"同学们好。"再看看那些支教的同学早已和孩子们打成了一片。他们有的在和孩子们交谈,有的在和他们玩乒乓球。看着孩子们天真无邪的笑脸,听着他们纯真的童言,我的心中升起一种无名的感动。在这个嘈杂的城市里,竟然有这样一片净土,这片净土上,有儿童不含丝毫杂质的声音,有儿童纯洁得如同白雪一样的心灵。在这里,没有尘世的争斗,有的只是来自天然的淳朴。这时,一个小姑娘捧着一本书走到我的跟前,闪着她那双大大的眼睛对我说:"老师,签个名好吗?"我看到她翻开的那一页上面已经签了好多支教老师的姓名,于是拿起笔,在那美丽的页面上,留下了我的名字。也正是从那一刻起,我知道我心里有某种东西在悄悄地融化。我想我留下的不仅仅是我的名字,还有我心中的承诺——我决定加入这个队伍,成为"春耘"中的一员。我要当一名好老师。

生活中,没有什么是不可改变的。一些小小的感动有时便会融化我们心中的坚冰,而改变我的,或许就是那声朴实却又发自肺腑的"老师好"吧。

感恩提示
gan en ti shi

　　"阴差阳错"、"天意",这些话透露了我的无奈。因为世俗的影响,不想当老师的念头在"我"的心中是根深蒂固的,但后来只为一声"老师好"我便将这些念头全部摒弃,是什么给了"我"如此大的决心,如此大的勇气?

　　"天真无邪"、"不含丝毫杂质"、"纯洁得如同白雪一样的心灵",这就是孩子的世界。没有勾心斗角,没有争名逐利。对孩子的关怀,绝不同于对弱势群体的同情,因为他们有让我们回味的世界———一片没有被世俗污染的净土。

　　我们常说:"教师是人类灵魂的工程师",但许多人并没有好好理解这一职业,他们往往只会想到待遇差、工作环境不好等现实因素,其实老师得到的还有一份份真诚的回报,一声声朴实却又发自肺腑的"老师好"。这些精神上的财富是多少金钱物质都买不到的。

　　读罢此文,我的心灵也被那孩子的世界所感染。但沉下心来,我仿佛看到了那一双双眼睛在无助地凝望着老师们离去的背影。但愿有更多的人,怀着"只为一声老师好"的热忱到需要他们的地方去,到孩子的世界去。

(卢圣华)

无·法·忘·怀·的·90·个·师·恩·故·事·

125

　　让我走近你!走近你探寻的目光,走近你渴望的心灵,走近你的烦恼,走近你的迷惘,并为你送去一束阳光,一缕和风,一丝春雨。

让我走近你

◆文/博　琛

　　课程结束,我心血来潮,出了个题让学生做:如果有机会我再教你们,你们希望我怎么做?

　　一个女生写:"记得有一天,我情绪特坏,就想下了课回宿舍在被子里大哭一场。可是课间休息时,老师你走下讲台来和我聊天,表扬我。我的情绪一下子好了起来。也许在你是不经意的一句话,却给了我信心和力量。我很感动,遗憾的是你再也没有在我身边停留过,再没有和我说过话。有几次我想问你的电话号码,在我遇到烦恼时就找你倾诉,但我没有勇气。所以,如果再有机会做你的学生,我希望你能更走近我!"

另一女生写:"有一次课间休息时,你走下讲台,我望着你,希望你能在我身边停下,也许你看到了我的目光,你真的停在我身边,问了我一些学习和生活上的情况。老师你知道吗,你就那样问几句,我就觉得很温暖。我们这些远离亲人出外求学的孩子,多么需要老师的关心和亲近!可是老师走下讲台走近我们的时候太少。所以,如果你再教我们,我希望老师能更亲近我们!"

一男生写:"如果有机会再做师生,我希望老师走近我!你教了我们一学期的课,可你和我从来没有说过一句话,这也许不能完全怪你,你教那么多班,一个班又那么多人,你很难顾及到每一个学生。有几次我们在宿舍说到你,说你普通话很标准,不知道你是南方人还是北方人。同学们叫我来问问你,我也一直等着你走近我的机会,我想一个学期你总会有一次走近我,遗憾的是没有。"

……

我怀着自责在想:我是能够、也应该更走近学生的!

我很想对学生说:让我走近你!走近你探寻的目光,走近你渴望的心灵,走近你的烦恼,走近你的迷惘,并为你送去一束阳光,一缕和风,一丝春雨。

实际上,我已经没有机会再教这批学生了,已经没有机会再走近他们了。所幸的是,我还会有一批又一批新学生。

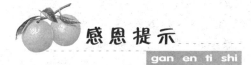

感恩提示
gan en ti shi

很多时候,我们需要的并不是惊天动地、轰轰烈烈的传奇故事,不经意的一句话,往往就能温暖了一颗颗柔软的心。

在《让我走近你》里,老师不经意的一句话,就给了学生信心和力量,给了离家在外的学生亲人般的温暖。学生是多么的纯朴可爱,只是一句话语,只是一个不经意的眼神,就可以心满意足地感到老师浓浓的爱,可以幸福地微笑。我想起了我自己,我也曾为了老师的几句话而兴奋得在睡梦里也带着甜甜的笑,我也曾因老师的走近而感受到阳光般的温暖,沁人心脾的清香,然后笑得满脸自豪。

幸福的生活其实并不难,老师走近学生,给学生送去一束阳光,一缕和风,一丝春雨;学生走近老师,让老师明白自己的重要性和存在的不足,并在以后的日子里改正,把浓浓的爱洒给每一个学生。如果我们都能走近身边的每一个人,给予关心,给予谅解,给予宽容,给予温暖,给予爱,那么我们的生活将是多么的温馨,多么的快乐啊!

轻轻的走近,就是浓浓的爱。

(廖白玉)

当时我不知道该送给黄老师什么,我突然感觉三年来,帮助我最多的,引导我最多的,就是这位"黄牙"黄老师。

种棵槟榔树,送给你

◆文/佚 名

说句实话,我的诸多老师里面,我能记起的,也就是这位小学的语文老师,她带了我三年,她的名字叫黄锦文。

再说句实话,她的相貌我时常会记不起来,只能在母亲的校友录的相夹里去翻阅她年轻的样子,我能记起来的就是她那口又黄又黑的牙齿。因为她太喜欢吃槟榔了,妈妈说,一辈子的坏习惯,会成就一生的遗憾!

小的时候,我顽皮,我时常很调皮地给她起个外号,因她姓黄,所以称她为"黄牙"。

我在那所重点小学念三年级,最要命的是我不懂湘西的方言,大家自上而下的全部讲方言,我刚去听不懂,语文老师如果不讲普通话我就更要命了,当时我记得我们时常写周记,我因为方言的原因,成绩一落千丈,于是我在第一篇周记里写的题目是:"你能说普通话吗?"

后来老师开始在课堂上用普通话讲课,还时不时地告诉我的同桌(是我们班的班长)请她以后和同学们都学说普通话。

学校为了推广普通话,举办了一次标普比赛。我也参加了,结果还是我的同桌得了第一名,同桌感谢我说如果不是老师让她和我一直讲普通话,她根本就拿不上这个奖。这使我万分的恼火,于是我又在日记里写了一篇"普通话怎么说?"说明我比我同桌强,却让班长拿了这个奖,不公平。

呵呵,教师节到了,大家流行送贺卡,然后老师就说:请大家写上对老师最想说的一句话。我对我这个语文老师深恶痛绝,还是我妈同学呢,对我一点儿不好,于是我说:希望黄老师的牙齿越来越白,那会更漂亮!

我的语文老师带我到六年级,我和我的同桌在一起三年,结下了深厚的友谊,临毕业,我们以《我的同桌》为题写了一篇作文。我感激同桌三年来给我的帮助,整整写了三千字,被学校推荐到《语文报》上发表了。我高兴得抱着我的同桌哭了,我想我将来一定可以成为一名作家。她也哭着对我说:"别哭了,我们应该感谢黄老师去!"

当时我不知道该送给黄老师什么,我突然感觉三年来,帮助我最多的,引导我最多的,就是这位"黄牙"黄老师。

我买了最好的槟榔,用了我的零用钱近10元,给她送去了。她只说了一句话:将来,你在文字方面打好基础,能实现你的理想,就专门给我种棵槟榔树,到时候可能就不是黄牙了,成黑牙了……

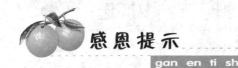

感恩提示
gan en ti shi

俗语说滴水之恩,涌泉相报。但实际上,有时,你受人恩果,未必会以为然;有时,你对人有恩,却未必会得到回报。

就像文中的"我"。开始"我"对"黄牙"老师引导的不理解,甚至怨恨。但后来我突然感觉到三年来,帮助我最多的,引导我最多的,就是这位"黄牙"老师。此刻的"我",应该明白了老师一直以来"随风潜入夜,润物细无声"的关怀。为了我能好好跟大家交流,她请班长以后和同学们都学普通话。而"我",没有体会到老师的用心良苦。写下那句希望他的牙齿越来越白的带有讽刺性的话。"我"说要种槟榔树送给老师,不仅仅是因为老师三年来的教育,还有对老师的良苦用心的不理解产生的歉疚。

人往往是这样,有很多幸福摆在我们面前时,我们不懂得去珍惜,到了蓦然回首的时候,感动就悠然而生。人之初,性本善。请坚信每个人都存在着一颗感恩的心,即使它藏某个角落不为人所知,老师们的默默耕耘也会得到慰藉。

(卢圣华)

他们肯把埋在心底里的话讲给我听,肯把不宜外传的家事告诉我。师生间的关系,这样的和谐,也如月光似的柔和了。

有月亮的晚上

◆文 / 王连明

窗外有悄悄说话声,喊喊喳喳。我故作严厉地大声问:"谁呀?"说话声顿止,突然又响起一阵哄笑,接着是一群人逃离时纷乱杂沓的脚步声。山村里,惊起几声响亮的犬吠。

我拿起书走出屋子。我知道,那是我的学生们,他们是来叫我去学校的。我们这里是山地,学生居住分散,到学校要翻山,穿林,过河,走不少的路。为了大家的安全,学校不让学生晚上到校自习。但是,学生几次向我提出,晚上要到学校做功课,并提出了许多理由:什么家里没通电,一盏油灯一家人争着用啦;什么家里人口多太吵,不安静,等等。总之,好像不到学校就无法完成功课似的。见我还是不同意,学生就提出了折中的办法:没有月亮的晚上在家做功课,有月亮的晚上,就到学校去。我仍不同意。其实,我不同意是出于个人的"私心杂念"。因为,晚上是我惟一一点儿可供自己支配的业余时间,我得充分利用这点儿时间,静下心来读读写写。可是,到了有月亮的晚上,就有一群群学生来我家里,他们问我在家干啥?我说看书。他们就说,那咱们赶快去学校吧,你看书,我们做功课,那多好! 我逗他们:说说看,好在哪里? 于是,他们就笑,而且笑而不答。

学生这样"烦我",我不讨厌,也不生气,因为爱学生是教师的天职。于是就腋下夹着两本书,同学生们一起踏着月色去学校。深秋之时,夜凉如水,真有点儿"凉露霏霏沾衣"的感觉。学生们簇拥着我,蹦蹦跳跳,书包里的铁皮文具盒叮当作响。他们大声嚷,高声笑,全然没有了平时课堂上的拘谨。偶尔谁还"啊——嗬——"地喊一嗓子,肆意挥洒着心中的快乐。在这样的氛围里,学生们最能敞开心扉,一下子缩短了师生之间的距离。他们肯把埋在心底里的话讲给我听,肯把不宜外传的家事告诉我。师生间的关系,这样的和谐,也如月光似的柔和了。

一路欢乐一路歌,到了学校走进教室后,学生们的言行马上收敛了。见我坐在桌前翻开书,他们便不再说笑,一个个轻手轻脚坐到位子上。这时,一阵翻动文具的响声之后,教室里便渐渐安静下来。他们开始做功课,女孩子的头发从耳边垂下,遮住了半边脸;男孩子的小眉头微皱,一本正经的样子。那天真、幼稚、纯朴的神情很是悦目。有时候,有的学生偶然抬头向前看,师生目光相遇,都相视一笑。有时,有的学生会歪着头,拿起橡皮,用夸张的动作擦本子,擦完了,又抬头朝老师望一眼,娇态可掬。

看一会儿书,我站起来在教室里巡视,并轻声指点。发现有的学生写得很快,字却不工整,不用批评他,只要走到他身边停一下,他写字的速度就骤然放慢,字也马上变得规规矩矩。我刚一离开,背后就响起了轻轻的撕纸声。不用问,他一定是重写了。双方谁也没说一句话,但又分明是进行了一阵"对话"。

月光下的晚上,窗子大开,夜风悄然潜入教室,能感触到额际的发丝被风拂动着。窗外的大叶儿杨不时发出沙啦啦的响声。学生说的不错,我看书,他们做功课,大家无言地相互守着,这样的确很好。

但我是不会让学生在学校呆太长时间的,时间久了,他们的家长会惦记。只要功课一做完,马上赶他们回家。学生说:"你不走,我们也不走。"我说你先走吧,可以一边走,一边唱歌,我坐在教室里听你们唱,等听不到你们的歌声时,我再走。终于,大家快活地答应了。他们一出校门就唱起来,而且故意大声唱。我想,他们一定是笑着唱的吧? 山村的夜晚很宁静,那歌声,那夹带着稚气的童声,显得极为清亮,且传得很远很远。清脆的歌声不时惊起此起彼伏的狗叫,静寂的夜一下子被搅乱了,于是,喧闹起来,生动起来。

听着学生们的歌声,我能准确地判断出哪几个学生朝哪个方向分路了,进了哪道沟,上了哪条岭……歌声渐远渐弱。终于,完全消失,狗也不叫了。夜又归于宁静,像搅动的水又重新平复了。这时,只有明亮的月光,默默地照着山野、村庄。那阵喧闹,如幻觉一般,让人怀疑是不是真的发生过。

那些有月亮的晚上,真美!

感恩提示
gan en ti shi

月色柔美,山村宁静。按照不成文的规定,有月光的晚上"我"要和学生们一起在教室里度过。于是,就有了窗外喊喊喳喳的"提醒声"。当"我"和学生们一起走在深秋晚上的路上时,学生们肆意挥洒着他们心中的快乐和幸福;到了教室,为了不妨碍"我"看书,学生们又都乖巧懂事得让人心疼;而回家的路上,他们清亮的歌声透露着无限的愉悦和满足……这篇文章运用多种描写手法,写得纯朴而深情,字字句句,为我们展开了一幅美丽的画卷,饱含着老师对学生的疼爱之情和学生对老师的敬爱之意。读完让人不由地慨叹：多么美丽的月夜啊，多么可爱的孩子啊，又是多么默契深厚的师生感情啊。在这个山村秋凉如水的夜里，"我"和"我"的学生们就是天底下最幸福的人。

(李 爽)

她那漂亮的红裙子飘在课外活动场地上，飘在学校的小戏台上，把学生带到课本以外的精彩世界。

穿红裙子的语文老师

◆文/康智元

又一个夏季。

火热的田野，火热的山林。她穿着一条红裙子，带着几名小学生，说说笑笑走出校门，步入校园树丛的绿色中了。

这是所"老龄"的村级小学，已经65年了。任课老师大多都50多岁了。学校生活在"老"的色彩中变得默默无语。

那年我刚上小学，20岁的她走进了校园。她一头乌黑的长发，穿了件美丽的红裙子。

学校安排她给我们上语文课，任班主任。她上语文课与众不同：有时把学生带到村子中间的清水河里，找小鱼咬脚趾的感觉；有时把学生领到郁郁葱葱的牛头山上，看哪儿像牛头，哪儿像牛角；有时把学生打扮成课文中的大灰狼、小白兔、丑小鸭，在讲台上模仿课文内容大喊大叫，有哭有笑……

课堂上，学生跟着她进入了情境。一会儿是没捞到月亮的水淋淋的小猴子站在讲台上，一会儿又是卖火柴的小女孩可怜巴巴地向大家诉说着什么。

她那漂亮的红裙子飘在课外活动场地上，飘在学校的小戏台上，把学生带到课本以外的精彩世界。不久，班队会、活动课在这所偏僻小学各班如火如荼地开展起来了。二胡、口琴、笛子、小碗小盆等"乐器"的"交响曲"在校园小戏台上演了，惹得近处几个"玩船迷"村民止不住心里痒痒而登台献艺。小学生们把课本剧演到了家里，课本里的故事家长们也熟悉起来。学校变得丰富多彩起来，它驱散了丛林深处的宁静，赶走了村民们的无聊和疲惫。

放学回家的学生吃了饭就吵着要上学，学校充满了令家长费解的诱惑。再也没有搜肠刮肚找借口的"逃学生"了。更没了爸妈拿棍赶着上学的孩子了。村民们在议论:学校变了。原来辍学的9名学生又自觉地背着书包上课了,主动来学校找老师谈孩子情况的村民多起来……

有一次,她到县城参加了一个教学研讨会,一去就是5天。这可苦了这些山里娃。他们一天三次站在校门口的尖角山上,等啊,盼啊,想看到那红裙子又飘回来。等到第3天,五年级的一个女生不知从哪里得到的消息,泪水汪汪地告诉大家:红裙子飘到城里的学校了!

坐到太阳落下了尖角上,带着一种无名的惆怅、一种失落感,几个不甘心的小学生背着书包,拖着沉沉的脚步告别了最后的一抹余晖,才依依不舍地回家。

第6天,她从城里回来了。她带来了锅碗瓢盆,带来了批改作业的小方桌,还带了几件更漂亮的红裙子。她对着围过来的学生们微笑着,好像在说:我哪里也不去。

激动、兴奋的孩子们把她围起来,许多学生流着泪笑了。在红裙子的映衬下,这些满含渴望的笑脸多么动人,多么纯真!

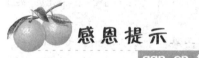

感恩提示
gan en ti shi

学校是"老龄"的,她是年轻的;山野是绿色的,她是红色的;山村是沉默寂寥的,而她是活力四射的。美丽的穿红裙子的语文老师,就是一片红霞、一缕春风、一道阳光,给山里娃们带来了无尽的清新和快乐。她把传统的语文课上得新鲜有趣;她把校园文化搞得丰富多彩。

文章在运用正面叙述的同时,也运用了侧面描写,通过家长和学生的变化来表现"红裙子"的"威力"。而且通过描写学生们急切盼望她会返校的各种表现,间接地告诉我们,她也有过走出大山、回到城里的好机会。而她的选择,就是"带来了锅碗瓢盆,带来了批改作业的小方桌,还带了几件更漂亮的红裙子",微笑着,一切尽在不言中。

文章好像是一幅画,虽不着彩,但是我们却从中看到了各种颜色,看到了山村由灰变亮,看到了人们的心情由灰暗变得多彩。我们也不知道"红裙子"长得什么样子,但是却坚信她一定是美丽的,因为拥有美丽心灵的人就是最美的人。

(李 爽)

磨秃了自己的手指头,却丰富了孩子们的心灵,值得。

女教师的特异功能

◆文/张玉庭

假如没有粉笔,你知道怎么上课吗?请准许我给你讲个故事。

这故事发生在一个偏僻的小村庄,村头有一所小小的学校。

有一天,上课必需的粉笔突然用完了,女教师便想了一个办法。她找了杯清水,然后对孩子们说:"来,老师蘸着水在黑板上写,上课——"孩子们懂事地点了点头,答应了。

于是,她一笔一画地教,孩子们一笔一画地学。

当然了,这需要速度——因为,只要教得慢了点儿,或者记得慢了点儿,那用水写的字就立刻干了,看不见了。

这以后,每当没有粉笔的时候,女教师就以手代笔;而可怜的孩子们,也便渐渐地适应了这种奇怪的上课方式。

一天,女教师哭了。她想起了鲁迅笔下的孔乙己。那蓬头垢面的孔乙己,为了教咸亨酒店的小伙计认字,曾用他的长指甲蘸着酒,在柜台上写过"茴香豆"的"茴"字;可是今天,她——一位亭亭玉立的女教师却要用那仙女般的纤纤玉指,蘸着水在黑板上写字,在冰凉冰凉的黑板上耕耘了!可她想想,又笑了。磨秃了自己的手指头,却丰富了孩子们的心灵,值得。

她从容,坦然,一如既往。

又一天,她走进教室,正准备上课,突然发现杯子里的水已全部漏完。——也难怪,那盛水的杯子太陈旧了,陈旧得让人想起这个古老民族的沉重的历史。

没水,怎么板书?没水,怎么上课?也就在这山穷水尽的时刻,女教师突然感到,从她右手的手指尖上,正在不断地渗水——亮晶晶的水珠——水!水!有水就能上课!女教师猛地转身,在黑板上不停地写了起来。

她写得飞快。孩子们也记得飞快。

就这样,每当她转身板书的时候,那指尖上的水珠也就恰到好处地冒了出来。

唔!她从此有了特异功能!日复一日,年复一年。

133

这种古怪教育的奇异结果，便是造就了一批可以高速理解、高速记忆、高速运算的神童。也正是由于这种神奇的高速度，这批神童被一所著名的大学破格录取了。

后来，有人专门研究过这批神童，发现他们都具有特异功能，即：凡是被泪水浸泡过的地方，他们都能准确地断定，这里曾经发生过什么，是悲剧，还是喜剧。

那么，从女教师的手指上奔涌而出的那些液体，究竟是什么呢？有人化验过，那水，与泪水的化学成分一模一样……（报载，在七届人大的一次分组讨论会上，一位来自山区的小学教师，曾经含着泪讲了这样一件事：因为没有经费，买不起粉笔，他们曾用手指蘸着水，在黑板上写字。）

感恩提示
gan en ti shi

这个世界上竟然有如此贫穷的学校！没有经费买粉笔。而我们平时却经常用粉笔乱涂乱画。相比之下，我们真是感到羞愧。没有粉笔，怎样上课？聪明的女教师想到了以手代笔的办法。一堂课下来，她的手指肯定会很痛；长期下去，她的手指恐怕会磨秃。一天，女教师哭了。她想到了自己就像鲁迅笔下的孔乙己一样可怜，她可能也心疼自己的纤纤玉指会因此而磨秃变丑吧。不过，她很快又笑了。因为她想到这样可以教给孩子们知识，丰富他们的心灵。

我不明白她的手指尖上怎么可以渗出水来，而那水的化学成分又跟泪水的一模一样，难道她用流出来的泪水代替清水、代替粉笔？同样神奇的是她的学生成了一批神童，一批可以高速理解、高速记忆、高速运算的神童。可能是因为那水写的字干得太快了，他们不得不"高速"学习吧。

有人研究这批神童，研究这种教育。在我看来，这是一种爱的教育。这位女教师就像蜡烛一样燃烧自己，照亮她的学生。

（芳　芳）

我们都很爱我们的老师,他是一个好人,给我们每个人买了一个冰淇淋,很好吃。我们以前谁都没有吃过冰淇淋,那时,我们感动得流泪了,冰淇淋也很感动,它流着白色的泪……

冰淇淋的眼泪

◆ 文 / 彭永强

朋友就读于一所师范学校,毕业后在父亲的努力下,去了县城的中心小学,日子过得平平淡淡,倒也有滋有味。

可是,朋友渐渐地对那种平淡的生活失去了兴趣,他想过得更为激情,更加精彩。于是就在一个青年志愿者协会发起的支援西部的活动中报了名,置亲朋好友的劝告于不顾,要求到西部支教。

朋友被安置到甘肃西部的一个小山村里。第二天就正式讲课了,三、四、五年级在一起上课,讲得匆匆忙忙的。不久,朋友就来信说,那里条件很苦,工作也累,似乎想知难而退。

但后来发生的一件事改变了他的想法。

那天,班上最小的一个孩子问他:"老师,书本上说的冰淇淋是什么东西?为什么城里的孩子都喜欢吃冰淇淋?"

"冰淇淋是一种冰做的食物,里面放有奶油、巧克力等物,吃着凉凉的、甜甜的,是夏天最好的消暑食物……"他面对一群瞪大眼睛的孩子,忽然感到自己的解说是那样苍白无力,毕竟,要知道梨子的味道,是应该亲口尝一尝的。

"老师,巧克力是什么呀?"他刚刚顿住,另一个孩子就迫不及待地问道。

看着孩子们迷惑的眼神,朋友感到了问题的棘手,就匆匆地应付了几句,孩子们听得似懂非懂的。

后来,一个偶然的机会,朋友到县城去领一个邮包,正打算回去时,却无意中发现了那个县城惟一的冷饮店,他决定为班上的二十几个学生每人买一个冰淇淋带回去。好在那天天气还不是很热,他向老板要了一个塑料盒子,又找来一些破棉花,包着装有冰淇淋的食品袋,赶了近二十里的山路,朋友才回到了山村,还好,冰淇淋才稍微化了一点儿。他将冰淇淋分给了孩子们,看到他们欢呼雀跃的样子,心里才稍稍多了一些安慰。

第二个星期,他看到了一个孩子的作文:"我们都很爱我们的老师,他是一个好人,给我们每个人买了一个冰淇淋,很好吃。我们以前谁都没有吃过冰淇淋,那时,我们感动得流泪了,冰淇淋也很感动,它流着白色的泪……"

感恩提示
gan en ti shi

冰淇淋——对于我们来说是多么普通的零食,但那个小山村里的小朋友竟不知道其为何物。当老师为学生描述冰淇淋的时候,学生们都瞪大了眼睛,他们都非常渴望可以吃上这种听起来让人流口水的食物吧。终于有一天,老师为他们带来了冰淇淋,那是老师自己掏钱买并且赶了近二十里路带回来的。我想这冰淇淋肯定又香又甜,而且还有一种特别的味道——幸福的滋味。"我们感动得流泪了,冰淇淋也很感动,它流着白色的泪……"这些白色的泪水包含着老师对学生的爱,当学生品尝着冰淇淋时,也是在享受着老师给予的爱,这难道不是幸福吗?　　　　(陈艳芳)